운더바움
GOD BREAKER
신들의
파괴자

이상혁 판타지 장편 소설
FANTASY FRONTIER SPIRIT

운터바움—신들의 파괴자 4

이상혁 판타지 장편소설

초판 1쇄 찍은 날 § 2011년 7월 15일
초판 1쇄 펴낸 날 § 2011년 7월 22일

지은이 § 이상혁
펴낸이 § 서경석

편집부장 § 권태완
편집책임 § 주소영

펴낸곳 § 도서출판 청어람
등록번호 § 제1081-1-89호
등록일자 § 1999. 5. 31
어람번호 § 제1-1255호

주소 § 경기도 부천시 원미구 심곡2동 163-2 서경B/D 3F (우) 420-822
전화 § 032-656-4452 팩스 § 032-656-4453
http://www.chungeoram.com
E-mail § chungeoram@chungeoram.com

ISBN 978-89-251-2566-4 04810
ISBN 978-89-251-2495-7 (세트)

Unterbaum
GOD BREAKER
이상혁 판타지 장편 소설
운터바움
신들의 파괴자
FANTASY FRONTIER SPIRIT
4
[완결]

CONTENTS

Chapter 19
치료사 엔스헤드

Unterbaum

운터바움

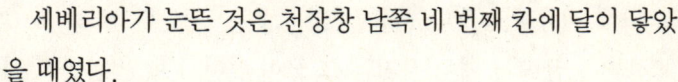

1

　세베리아가 눈뜬 것은 천장창 남쪽 네 번째 칸에 달이 닿았을 때였다.

　식은땀에 온몸이 흠뻑 젖었다. 축 늘어진 몸을 한동안 움직일 수 없었다. 하지만 곧 온몸을 따뜻하게 데워오는 빛에 마음까지 편해졌다.

　눈을 돌렸다. 빛은 한 더미 모닥불에서 비롯됐다. 아른거리는 붉은 불꽃 너머에 윈델이 천 쪼가리를 끌어안고 잠든 모습이 보였다.

　엠베르크는 윈델의 곁에 조용히 눈을 감고 있었다. 저건 자는 건지 깨 있는 건지 확인할 방법도 없다.

다시 윈델을 보았다. 지금까지 함께 오며 늘 아무렇지도 않게 불을 피우고 잠자리를 살펴주었다. 적의 호의였기에 기분 나빠 거절하려 했지만, 어느샌가 당연하게 받아들이고 있었다.

그는, 정말 세심했다. 어느 때는 마음을 읽히는 것이 아닐까 싶을 만큼 필요한 것이 있으면 바로 가지고 왔고, 혼자 있고 싶을 때는 미리 눈치채고 자리를 피해주었다.

세베리아는 더 이상 윈델의 말을 '거짓말' 취급할 수 없었다.

오늘 꾼 꿈. 그곳에서 윈델은 단순한 악당이 되어 있었다. 이 세계를 파괴하려 드는 그 악당을 상대로 세베리아는 온 힘을 다해 검을 휘둘렀다.

하지만 꿈에서 깨어난 지금 그 꿈이 얼마나 헛된 것인지 새삼 피부에 와 닿았다. 딱 좋은 거리에서 온화하게 타오르는 모닥불과 습기를 막기 위한 마른 나뭇잎으로 만든 침대에서 잠든 자신을 발견한 순간…….

귓전에 물 흐르는 소리가 들렸다. 세베리아는 일단 땀으로 범벅이 된 몸을 어떻게라도 해야겠다는 생각에 억지로 몸을 일으켰다.

수풀을 헤치고 나무를 돌아갔다. 달빛에 의지해 습기 많은 땅을 한 발 한 발 내딛는다.

"정말 여기는 물이 많구나……."

세베리아는 발목까지 잠기는 습지를 내려다보며 중얼거렸다. 바움 아래의 세계, 운터바움은 외곽으로 갈수록 건조해지고, 중앙부로 올수록 습해졌다. 이렇게 발목이 푹푹 빠질 정도는 아니어도 중심부에서는 물이 부족한 경우는 없었다.

"바움의 축복… 일까?"

물소리가 멀지 않았다. 세베리아는 커다랗게 놓여 있는 바위 한 덩이를 돌아서 걸었다. 바윗등에 자란 나무에 집채만한 돌덩이는 둘로 쪼개져 있었다. 뿌리가 흡사 바느질이라도 한 듯 바위를 몇 겹으로 드나들고, 곳곳에는 이끼가 푹신하게 덮여 있었다.

암석이라는 거친 무기질을 숲이 정복한 것이다.

물소리가 들려온 곳은 바위 바로 곁이었다. 폭이 수십 미터는 족히 될 법한 개천이 잔잔하게 흐르고 있다. 물살이 제법 보였지만 그렇다고 휩쓸려 갈 정도는 아니었다. 간간이 수면으로 드러난 돌이나 더미 진 부러진 가지 등이 개울의 흐름을 방해해 특히 잔잔한 곳도 몇 군데쯤 눈에 띄었다.

달빛에도 바닥까지 비출 정도로 맑은 개천을 발견하자마자 세베리아는 우선 무릎을 꿇고 목을 축였다. 명치 언저리에 얹혀 있던 어둑하던 것이 단번에 씻겨 내려가는 듯했다.

세베리아는 등 뒤로 손을 돌렸다. 늘 어깨를 짓누르고 있던 무기, 에우로파를 내려놓으려. 하지만 이미 그것은 등 뒤에 없었다. 잠자리에 놓고 온 모양이었다.

정말 경계심 없구나, 나라는 녀석. 이렇게 속으로 중얼거리곤 웃옷을 여민 단추를 풀었다.

이런 숲 속에 누가 훔쳐볼 사람도 없다. 천으로 감은 가슴 가리개와 속옷을 제외하고 옷을 벗어 가까운 가지에 걸쳤다.

어깨까지 가리고 있던 왼손 가죽장갑도 벗었다. 열린 공간에서 왼손의 장갑을 벗은 게 얼마 만인지. 세베리아는 그것 하나만으로 기분이 훨씬 나아지는 듯했다.

세베리아는 왼팔을 오른손으로 쓰다듬었다. 그러고 보니 지금 함께 있는 윈델과 엠베르크, 둘 모두 왼팔의 비밀을 알고 있다. 굳이 그들에게 감출 필요는 없지만 그래도 가리고 있는 게 마음 편하다.

찰랑거리는 물로 몸을 던졌다. 허리께까지 차오른다. 머리 끝까지 짜릿할 정도로 물은 차가웠지만 또 그게 기분 좋았다.

발끝에 닿은 것은 고운 모래. 적당히 발끝으로 모래를 차며 조금 더 깊은 곳으로 걸음을 옮겼다. 땀에 진흙까지 몸을 뒤덮고 있던 세상의 때가 씻겨 나가니 정말 살 것 같았다. 눈떴을 때 들었던 찝찝함이 사라져 간다.

물에 몸을 맡기고, 수면에 뒷머리를 기댔다. 반쯤 가라앉은 다리와 축 늘어진 팔. 수면은 턱밑에서 찰랑였고, 시야 가득 밤하늘이 들어왔다.

"그러고 보니 이곳은 거의 바움의 본줄기 근처인데… 해 든 땅이네."

하늘에 달과 별이 보인다. 세베리아는 이런 생각을 하며 수면에 둥둥 떠서 물 흐르는 대로 몸을 맡겼다. 가끔 균형이 틀어질 때만 손발을 휘적거릴 뿐이었다.

그때, 세베리아의 귓전에 발걸음 소리가 들렸다. 깜짝 놀라 손으로 몸을 가리며 물 아래에 감추었다.

"누, 누구……."

"이곳은 바움의 땅입니다. 무기를 놔두고 돌아다니는 것은 권장할 만한 일이 아닙니다."

말투에 목소리까지, 엠베르크였다. 달빛 환한 곳으로 모습을 드러낸 엠베르크는 세베리아의 애병(愛兵) 에우로파를 들고 있었다.

그는 세베리아가 옷을 벗어놓은 장소 근처에 에우로파를 기대놓고는 그녀에게 눈을 돌렸다.

"뭘 보는 거야?!"

세베리아의 칼날 돋은 말에 엠베르크는 감정 섞이지 않은 목소리로 대꾸했다.

"전 도구일 뿐입니다. 당신을 보고 어떤 감정을 가질 거라고는 생각하지 않아도 됩니다."

"네가 아무 감정 없어도, 나는 부끄러워! 고개 돌려!"

"…알겠습니다."

엠베르크는 순순히 머리를 돌렸다.

"그런데 여기는 무슨 일이야?"

세베리아가 물었다. 엠베르크는 시선을 먼 곳으로 돌린 채 입을 열었다.

"이것을 가지고 왔습니다."

"에우로파를?"

"그렇습니다."

"어째서……?"

"아까 말씀드리지 않았습니까? 이곳은 바움의 땅입니다. 무기를 놔두고……."

세베리아가 말꼬리를 자른다.

"아니, 어째서 내게 무기를 가져다줬냐고?"

엠베르크는 세베리아의 말에 고개를 갸웃했다.

"질문의 의미를 이해하기 힘듭니다."

"왜 나를 도와주냐고!"

답답하다는 듯 세베리아가 버럭 소리를 쳤다. '바움을 파괴할 존재'에게 짜증을 부린 것이다.

"저는 책을 보호할 의무가 있습니다."

"책은 내가 아니라 윈델이잖아."

"물론 그렇습니다. 하지만 당신도 20퍼센트가량의 책을 가지고 있습니다."

"…나도 일부지만 책으로 인식되는 거야?"

세베리아의 질문을 엠베르크는 곧바로 부정했다.

"당신은 책이 아니라 책의 일부를 소유하고 있을 뿐입니다. 그렇기 때문에 당신은 제게 명령권이 없습니다. 단지 전 당신이 가지고 있는 책을 지킬 뿐입니다."

세베리아는 고개를 숙여 왼팔을 바라보았다. 어깨를 넘어 거의 심장에까지 이른 문자의 뱀들이 보인다. 아마 엠베르크의 말은 이 문자들의 집합체를 이야기하는 것일 테다.

"뭐, 좋아. 이제 곧 내가 책이 될 테니까."

세베리아는 이렇게 내뱉고는 머리꼭지까지 물에 담갔다 꺼냈다. 그때 엠베르크가 세베리아에게 물었다.

"그런데 당신은… 왜 책이 되려고 하는 것입니까?"

"음? 뭐야, 그게 궁금한 거야?"

엠베르크는 잠시 머뭇거리다가 세베리아의 물음에 대답했다.

"듣지 않은 것으로 해주십시오. 제게 허락된 사고방식이 아닌 것 같습니다."

"그게 뭐야? 허락된 사고방식이라니."

타박하듯 한마디 던지고, 세베리아가 곧바로 말을 이었다.

"나는 딱히 책이 되고 싶은 건 아니야. 책을 얻고 싶은 거지. 너무 깊이 연관되어 바움 신의 미움을 사고 싶지는 않으니까."

세베리아는 자신의 말에 모순이 있다고 느꼈지만 내킨 김에 이야기를 이어갔다.

"나는 윈델 같이 위험한 인물이 책을 가지고 있는 게 싫을 뿐이야. 그가 우리 원정대에 앞서 책을 탈취해 간 건 그렇다 쳐도 케임델에서 한 행위는 용서받을 수 없어. 지금 그의 모습이 얌전하다고 해서 과거가 지워지는 건 아니니까."

말을 하다 보니 제법 생각도 정리되어 가는 기분이었다. 머릿속에 떠오르는 과거의 소중한 사람. 그리고 지금 눈앞에 있는 윈델. 이 둘이 사실은 하나일지도 모른다는 생각이 점점 강해져 간다. 그럼에도 순순히 당신이 내 소중한 사람입니다, 라고 받아들이지 못하는 건 윈델이 '죄인'이기 때문일 것이다.

"책을 앗아서 신탁에 따라 파괴하는 것도 좋고, 할 수 있다면 그 힘을 이용하는 것도 바라 마지않는 일이야."

엠베르크는 잠자코 세베리아의 이야기를 듣고 있다가 짤막하게 말을 꺼냈다.

"당신도 바움을 파괴할 생각은 없다는 말이군요."

"당연하지!"

세베리아가 외치듯 말했다.

"이 물을 봐. 바움 신이 안 계신다면 인간들은 사막 한가운데 던져지게 될 거야. 너는 초월자의 사자 같은 것이니 우리보다 더 많은 것을 알고 있겠지? 답해봐. 바움 신이 없다면 이 세계가, 운터바움이 어떻게 될지."

"…지금 살고 있는 존재들의 대부분이 죽게 될 것입니다."

"그런데도 바움 신을 파괴하라고? 말도 안 되는 소리야!"

엠베르크가 입을 다문다. 세베리아는 슬슬 체온이 내려가는 듯해 물 밖으로 걸음을 옮겼다. 도중 입을 열었다.

"이 세계 어느 누가 책을 얻는다 하더라도 바움 신을 파괴하려 드는 사람은 없을걸? 절대 돌아보지 마! 물 밖에 나가고 있으니까."

엠베르크가 고개를 끄덕한다.

"알겠습니다."

세베리아는 자신의 옷이 걸려 있는 곳으로 돌아왔다. 엠베르크와 불과 서너 걸음쯤 떨어진 곳이었다. 속옷 차림이 부끄러웠지만 엠베르크가 인간이 아니라는 생각에 어느 정도 그런 마음을 지울 수 있었다.

바지에 손을 뻗었다. 축축하다. 끈적거린다. 진흙투성이에 냄새도 과히 좋지 못하다. 다시 입으려 생각하니 한숨이 나왔다.

문득 며칠 전의 일이 떠올랐다.

"엠베르크."

"네."

"혹시 옷 한 벌 만들어줄 수 있을까?"

세베리아의 청에 엠베르크는 다시 알겠다는 고갯짓을 해 보였다.

"지금 입고 있던 것과 같은 모양으로 부탁해."

"알겠습니다."

뚝딱, 옷 한 벌이 지어지고 세베리아는 새로 지어진 옷을 몸에 걸쳤다.

"너, 정말로 옷가게 하면 딱이겠다. 세계 파괴니 이런 소리 집어치우고."

세베리아의 말에 엠베르크가 조용히 답했다.

"제가 태어난 이유는 바움의 제어 및 제거를 위해서입니 다."

웃옷의 단추를 채우며 세베리아가 시선을 엠베르크의 뒤통수로 보냈다. 내가 책을 얻는다면 정말 저것을 제어할 수 있을까? 문득 그런 생각이 든다.

하지만 곧바로 고개를 도리질 쳤다.

"다 됐어. 돌아가자."

젖은 머리를 말아 올리며 세베리아가 말했다. 엠베르크는 조용히 그녀의 뒤를 쫓았다. 그 순간, 세베리아의 다리가 풀리며 앞으로 푹 고꾸라진다. 엠베르크가 발을 내딛어 가까스로 그녀를 붙잡았다.

"영면의 저주……."

엠베르크가 다시 잠에 든 세베리아를 어깨에 걸쳤다.

2

세베리아가 꿈을 꾸는 사이, 윈델과 엠베르크는 엔스헤드의 숲 더 깊은 곳으로 걸음을 서둘렀다.

질척한 늪지를 지나고, 가끔은 시원스레 기둥이 하늘로 뻗어 있는 숲을 가로질렀다. 두세 갈래로 나뉘어진 숲 사이 길을 따라 걷다 보면 동서남북을 분간할 수가 없었다.

이상했다. 처음 도달한 깊은 숲, 좌우 분간도 되지 않는 울창한 곳을 걸으며 윈델은 낯설다는 느낌을 받지 못했다. 아무렇게나 내딛는 걸음이 익숙했다.

갈림길마다 윈델은 잠깐의 망설임도 없이 하나의 길을 택했다. 잘못된 길을 선택한 것이 아닌가 하는 기본적인 의심조차 떠오르지 않았다.

오히려 지금 윈델은 머릿속에 새롭게 떠오르고 있는 글들에 집중하고 있었다. 읽을 수 없는 것이 당연한 글귀들이 머릿속에 아른거렸다. 하지만 더욱 이해할 수 없는 것은 그 글귀의 내용을 이해하고 있는 자신이었다.

윈델이 걸음을 멈추었다. 등에 업고 있던 세베리아가 짤막하니 잠꼬대를 한다. 엠베르크가 윈델을 쳐다보았다.

"엠베르크."

"네. 말씀하십시오."

"혹시 지금… 나 잠들어 있는 거야?"

"아닙니다."

윈델이 다시 물었다.

"그러니까, 영면의 저주 때문에 잠들어 있는 채로 무슨 일을 겪고 있다거나……."

"아니오. 지금 당신은 잠들어 있지 않습니다."

"그래?"

윈델이 다시 앞쪽을 본다. 숲 안 깊은 곳으로 다가가면 갈수록 온몸에 이상한 감각이 넘쳐흘렀다.

"여기는 어디야?"

"엔스헤드의 숲이라고 하지 않았습니까?"

이곳이 엔스헤드의 숲이라는 것은 익히 알고 있었다. 바보같은 질문이라는 것을 알면서도 엠베르크에게 이렇게 물을 수밖에 없었다.

"아니, 너와 너의 주인이 이야기하는 식으로라면?"

"…이곳에 특별한 이름은 없습니다. 이곳은 바움이 만든 세계입니다. 바움이 명명하기 전에는 그저 매리너 협곡이라는 거대한 계곡의 한 부분에 불과했습니다."

"매리너 협곡?"

"그렇습니다. 이 세계를 가로지르는 거대한 계곡, 그 한 분지에 자라고 있는 것이 바움입니다."

"바움 신이 한 부분일 뿐이라고?"

"예."

윈델은 엠베르크의 이야기에 혀를 내둘렀다. 엠베르크와 이야기를 하다 보면 바움 신이 정말 하찮은 존재처럼 느껴질 때가 종종 있다.

다시 하나의 갈림길이 눈에 들어오고, 윈델은 자연스럽게 왼쪽으로 발을 내디뎠다.

"나는 왜 이 길을 알고 있는 거지?"

윈델의 물음에 엠베르크가 답했다.

"당신이 책이니까요."

윈델이 다시 걸음을 멈춰 엠베르크를 바라본다. 머릿속에 읽을 수 없지만 저절로 이해가 되는 문자들이 또다시 떠올랐다.

" '색수차에 대한 융겔하이드의 정리' 라는 게 지금 내 머릿속에서 흘러나오고 있어. 그럼 이것도 책이기 때문에 알고 있다는 거야?"

엠베르크가 윈델을 새삼 바라본다. 그가 하늘 높은 곳을 바라본다.

"그건 저곳 때문입니다."

윈델도 그를 따라 위쪽으로 눈을 돌렸다. 하지만 숲에 가려진 회뿌연 하늘이 보일 뿐이었다.

"이곳은 바움의 첫 뿌리가 자라난 곳입니다. 이곳에는 당신들이 에르시안이라 부르던 사람들이 지내던 장소가 있습니다."

윈델은 엠베르크의 말에 어깨를 흠칫 떨었다.

"그럼 이게 에르시안인들의 지식이란 말이야?"

"그렇습니다."

"왜 그런 게 나에게……."

"당신이 책이기 때문입니다."

윈델은 엠베르크의 말이 이상하게 느껴졌다. '책'이라는 단어의 사용법이 조금 다른 것이 아닌가 하는 생각이 들었다. 윈델의 머릿속에서 책이라는 것은 어디까지나 글자가 적혀진 종이나 그에 상응하는 재질의 묶음 정도였다.

"책… 이라는 게 도대체 뭐야?"

"책은 자료를 적을 수 있는 매체입니다."

엠베르크가 답했다. 윈델이 듣기에 자신이 알고 있는 책에 대한 정의와 엠베르크의 것이 크게 다르지 않은 듯했다.

"즉, 내 안에 무언가를 적을 수 있기 때문에 나를 책이라고 부르는 거야? 내 안에 바움 신이 신탁을 내린 그 책이 적혀 있기 때문이 아니라?"

엠베르크가 곧바로 고개를 저었다.

"둘 중 어느 하나이기 때문이 아닙니다. 책은 아무에게나 주어지지 않습니다. 당신은 책의 내용을 받아들이기 위해 책이 된 것입니다."

"즉, 신탁의 책이 내 안에 들어오기 위해서 내 몸이 책으로 바뀌었다는 얘기야?"

"그렇습니다."

윈델이 등에 기대어 있는 세베리아를 떠올렸다.

"그렇다면 세베리아는?"

"그녀는 책의 내용을 일부 가지고 있지만 책이 되지는 못했습니다."

"그래서 팔에 검은 문자들이 문신처럼 남아 있는 거구나!"

윈델이 고개를 끄덕거렸다. 그러더니 다시 또 한 가지 사실을 알겠다는 듯 혼잣말 조로 입을 열었다.

"그럼 지금 내 머릿속에 떠오르고 있는 것들은 신탁의 책에 적혀 있는 글들이 아니라는 거야? 내가 책이기 때문에, 이 근처에 떠돌고 있던 '책의 내용'들이 내게 그냥 흘러들어 오는 거야?"

엠베르크가 고개를 끄덕여 윈델의 말에 긍정했다.

"그럼 이곳에 있는 한 계속 이런 건가?"

"원한다면 받아들이지 않으면 됩니다. 책의 페이지를 열어놓고 있기 때문에 정보들이 기록되고 있는 것입니다."

"어떻게 닫는데?"

"그건 책인 당신이 알고 있습니다."

"모르니까 물어보지!"

윈델이 투덜거리며 머릿속을 뒤적거렸다. 혹시 책을 닫는 법 같은 것이 있나 싶어서였다. 하지만 그런 비슷한 내용도 없었다.

그나마 다행인 것은 예전부터 머릿속에 떠오르는 '글귀'들을 무시하는 것에 익숙해져 있다는 점이었다. 엠베르크 말대로 책을 닫을 수 없는 지금 윈델은 그것들을 그냥 무시해 버렸다.

그때, 윈델의 귓전에 은은한 울림이 들려왔다. 먼 곳에서 수천 마리의 말이 달리는 듯 땅이 흔들리고 공기가 떨렸다. 윈델은 그 소리가 들리는 쪽으로 걸음을 옮겼다.

"그 땅… 일곱 갈래의 폭포 너머 세 갈래 골짜기에 있다네."

윈델은 눈앞의 풍경에 한순간 압도되었다. 자신도 모르게 음유시인의 시구를 읊조렸다.

바위가 겹겹이 쌓인 절벽을 타고 거대한 물줄기가 쏟아져 내리고 있었다. 그리고 촘촘한 뿌리가 그 바위들을 휘감고 있다. 물은 그 바위와 뿌리의 틈에서 쉴 틈 없이 쏟아졌고, 한데 뭉치고 또 갈라져 모두 일곱 폭의 비단폭포를 이루었다.

"이렇게 물이 많다니…… 이게 폭포구나!"

배워서 알고 있었지만 직접 폭포를 눈으로 본 것은 처음이었다. 아무리 바움의 은혜로 물이 부족하지 않은 세계라지만, 저렇게 많은 양이 넘쳐흐르는 것은 흔치 않은 풍경이었다.

윈델이 엠베르크에게로 시선을 옮겼다. 언제나처럼 무감홍 표정이었다. 저 녀석에게도 놀라운 일이라는 게 있긴 한 걸까? 이런 생각을 하며 윈델은 세베리아를 잠시 바닥에 내려놓았다.

"첫 번째 표식은 찾았고. 이제 세 갈래 골짜기를 찾을 차례 인가?"

윈델은 폭포가 정면으로 보이는 땅에 선 채 주변을 살폈다. 윈델이 지금 있는 곳의 지형을 보니 삼거리의 중간쯤에 해당했다. 윈델이 지나온 한 갈래 길은 조금 전 제강이라는 괴물과 싸웠던 곳으로, 두 더미의 숲 사이, 언뜻 보면 산골짜기처럼도 보였다.

"네 머리의 드래곤……."

중얼거리며 생각을 더듬다 보니 제강의 모습이 다시 떠올랐다. 네 장의 날개가 팔처럼 늘어나 공격해 오던 커다란 괴물. 그 모습을 필설로 묘사하자면 바로 네 머리의 드래곤이 되지 않을까?

"한 골짜기는 머리가 넷 달린 용이 둥지 틀고, 다른 골짜기는 하늘을 떠받칠 듯한 거인이 잠들어 있네. 그럼 나머지 두 계곡 중 하나는 거인이 있고, 다른 하나가 올바른 길이라는 건가?"

음유시인의 노래를 되뇌며 윈델이 두 길을 번갈아 보았다. 그때 세베리아가 나지막한 신음을 냈다. 윈델은 고민을 접어두고 세베리아 곁으로 다가갔다. 그녀의 이마에 구슬 같은 땀방울이 흐른다. 괴로운 듯 비음을 낸다.

윈델의 꿈은 달콤했다. 깨어나는 것이 싫도록. 하지만 세베리아는 아닌 모양이었다.

"엠베르크."

"예."

"그녀는 지금 무슨 꿈을 꾸고 있는 거야?"

"그건… 전 알지 못합니다."

윈델은 엠베르크를 흘끗 보았다. 정말 모를까, 하는 생각이 일순 머릿속을 스쳤다.

"영면의 저주라는 게 행복한 꿈을 꾸게 해서 잠에서 깨고 싶지 않게 만드는 게 아니었나? 왜 세베리아는 저렇게 괴로워하는 거야?"

윈델이 거듭 묻고, 엠베르크는 세베리아를 바라보며 말했다.

"사람이 그것을 버리지 못하는 건 꼭 행복하기 때문은 아닙니다. 영면의 저주는 집착입니다."

"아!"

윈델은 세베리아가 무엇에 집착하고 있을지 잠깐 떠올려 보았다. 과거의 꿈? 아니면 거짓 기억을 따라 자신을 증오하는 것? 짧은 몽상에 얼굴이 찌그러진다. 왜 세베리아가 저런 표정을 짓고 있는지 알 것도 같다.

끊임없는 폭포수가 만들어낸 물안개가 연기처럼 스며와 몸을 적셨다. 낙수의 굉음에는 가슴까지 울렸다. 자연에 압도되어 있으면서도 세베리아를 걱정하는 자신의 모습이 우습게 느껴졌다.

"바움 신은… 왜 이 세계를 만든 걸까?"

저 폭포는 바움의 밑동 언저리일 테다. 그 너머 어두운 산맥처럼 보이는 곳이 바로 바움의 줄기다.

"스스로를 위해서일까? 아니면 인간을 위해서일까?"

윈델은 이렇게 물으며 폭포를 올려다보았다.

"아무튼 가보자."

결심한 듯 다시 세베리아를 등지고 윈델은 하나의 계곡으로 걸음을 옮겼다.

3

'무거운 물'에 잠겨 투명한 구체 안에 서 있는 윈델은 눈앞의 광경에 혀를 내둘렀다. 저것이 세상을 떠받친 거인이다. 신장 100여 미터의 금속 거인, 초대형 슈탈리저가 창을 쥐고 윈델을 막아섰다.

슈탈리저 엠베르크가 초대형 슈탈리저의 무릎 언저리에 닿는다. 일촉즉발인 듯 보였지만 상황은 의외로 싱겁게 막을 내렸다.

—저것은 이미 껍데기만 남아 있습니다.

엠베르크의 속삭임이 귓전에 울렸다. 윈델은 거인의 모습을 발견하자마자 엠베르크를 슈탈리저 형태로 변형시켰다. 하지만 엠베르크의 말대로, 적은 창끝을 앞으로 뻗은 채 꼼짝도 하지 않았다.

"저것도 슈탈리저야?"

윈델의 물음에 엠베르크의 목소리가 대답했다.

—기간테스라고 합니다. 본래 별의 바다에서 쓰던 병기입

니다. 땅을 딛고 서서 움직이는 것은 무리입니다.

"아! 에르시안의 유물인 건가?"

—…그렇습니다.

"에르시안들은… 그들이 정말 인간이었나! 저런 것까지 만들다니……."

잔뜩 긴장해 전투태세를 갖춘 것이 부끄럽게 윈델은 다시 엠베르크의 몸 안에서 빠져나왔다. 강렬한 빛과 더불어 엠베르크도 다시 인간의 모습으로 변했다.

전투 영역으로 생각해 두었던 거인 앞의 공터를 벗어나 세베리아를 뉘어놓았던 곳으로 향했다. 어느샌가 기절하듯 잠들었던 세베리아가 깨어 있었다. 아직 잠이 덜 깬 듯 멍한 얼굴로 주위를 살피는 그녀의 모습이 윈델의 눈에 보였다.

"일어났어?"

"여긴… 어디야?"

세베리아는 마지막 기억을 더듬었다. 강가에서 몸을 씻고는 그 뒤로 기억이 남아 있지 않았다.

"며칠이나 지난 거야?"

"만 하루 정도. 여기는 참고로 일곱 갈래 폭포를 지나 세 갈래 협곡 중 하나야. 음유시인의 노래에 나왔던 그대로."

"아!"

세베리아는 짤막하게 탄성을 질렀다. 그렇게 긴 시간 동안 잠들었을 거라고는 생각하지 못했다.

세베리아가 물끄러미 윈델을 올려다봤다. 나란히 누워 있는 에우로파를 곁눈질했다. 잠들어 있던 동안 윈델과 엠베르크가 자신을 이곳으로 데려왔다. 그 점을 떠올리니 오싹한 기분과 안도감이 동시에 느껴졌다.

뭐라 정의하기 힘든 감정이 들었다. 적도, 동료도 아닌 이 어색한 관계가 점점 어느 한쪽으로 기울어간다.

"저곳에 기간테스라는 거인의 껍질이 남아 있는데 보러 갈래? 음유시인의 노래에 나왔던 세상을 떠받든 거인 말이야."

세베리아는 고개를 끄덕하고 손을 내밀었다. 윈델이 그녀를 부축해 일으켰다.

윈델과 세베리아는 어깨를 나란히 해 기간테스의 몸 안으로 걸어 들어갔다. 두께가 한 뼘도 넘을 듯한 갑옷을 걸쳤던 기간테스는 갑옷만 남긴 채 녹슬어 사그라졌었다.

"정말 오래됐나 봐."

세베리아가 손을 뻗어 기간테스의 몸 안을 쓰다듬었다. 녹슨 쇠 더미 사이에 넝쿨식물과 나무뿌리 따위가 제멋대로 자라 있었다. 아직 형태를 유지하고 있는 갑옷에도 이끼 따위가 촘촘히 들어찼다.

"그런가? 그렇다고 하기에는 외부 갑옷이 너무 멀쩡한데?"

윈델은 동굴의 천장처럼 아치를 이루어 천개를 덮은 갑주를 어루만졌다. 이끼와 흙먼지 따위가 부스스 떨어지며 반질거리는 갑옷의 표면이 드러났다.

"이거 봐!"

윈델이 세베리아를 부른다. 세베리아가 윈델의 손끝을 본다. 윈델이 닦아낸 갑옷의 표면이 눈에 들어왔다.

"설마!"

세베리아가 탄성을 질렀다. 몇 걸음 떨어져 있던 엠베르크가 무슨 일인가 다가왔다. 그에게 윈델이 물었다.

"이거, 세실리파의 칼날과 같은 재질 맞지?"

"그렇습니다."

"설마 이 기간테스의 몸체 전체가 그런 건 아니겠지?"

"맞습니다."

윈델은 엠베르크의 짤막한 대답에 믿기지 않는다는 듯 기간테스의 갑옷에 쌓인 진토와 이끼들을 닦아냈다. 하나같이 검은 무늬가 있는 유백색을 띠고 있다.

고작 손바닥만 한 단검 한 자루가 무가지보라는 세실리파의 칼날이 이곳에서는 집채만 하게 굴러다니고 있었다. 윈델은 휘둥그레진 눈으로 기간테스의 몸을 돌아보았다.

세베리아 역시 윈델과 마찬가지로 눈앞에 펼쳐진 광경에 경탄했다. 운터바움에서 세실리파의 칼날은 그 이름에서 유추할 수 있듯 주로 칼날의 모습을 띠고 있었다.

한참이나 멍하니 있던 세베리아가 정신을 챙기며 차가운 목소리를 냈다.

"쓸모없어. 세실리파의 칼날은 가공할 수 없잖아? 100미터나 되는 거인이 있다면 갑옷으로 쓰겠지만."

"그건 그렇네."

기간테스가 주저앉아 있던 곳은 계곡의 끝이었다. 등 뒤로 지킬 것이 있는 건지, 아니면 단지 이곳이 그의 둥지인 건지 그것까지 확인할 수는 없었다. 어느 누구도 뚫을 수 없는 세실리파의 칼날로 이루어진 거대한 갑주가 철벽처럼 길을 가로막았다.

윈델을 비롯한 세 사람은 그곳에서 발걸음을 돌렸다. 적어도 거인이 있는 길에 엔스헤드가 없다는 것은 확실했다.

다시 폭포가 있는 곳으로 돌아왔다. 일곱 갈래로 찢어진 장대한 폭포가 만들어낸 물안개로 그곳은 희뿌옇게 흐렸다.

폭포 앞에서 세베리아는 넋을 놓았다.

"아름답지?"

다가서 윈델이 묻는 말에 세베리아는 자신도 모르게 고개를 끄덕였다.

"정말 바움 신은… 위대해."

세베리아의 나지막한 혼잣말에 윈델은 동감을 표했다. 그들을 감싸주고 있는 어머니 나무, 바움은 저 많은 물로 이 세상을 기르고 있다. 여느 신화의 신들처럼 번개를 부리고 대지를 찢는 힘 따위는 없는지도 모른다. 하지만 물로 대지를 비옥하게 한다는 것만으로도 바움 신은 어느 신보다 위대했다.

"이런 신을 파괴한다니, 절대로 인정할 수 없어."

세베리아가 엠베르크를 돌아보았다. 엠베르크는 그녀의 노여움 섞인 눈빛을 덤덤하게 받았다. 윈델은 그 둘의 모습을 보며 팔짱을 끼었다. 잠시 동안 말을 아끼던 윈델이 입을 열었다.

"정말 엠베르크를 만든 건 악한 신일까?"

"물론이지!"

세베리아의 즉답을 한 귀로 흘리고, 윈델이 엠베르크를 보았다.

"네 입으로 이야기했지, 바움 신을 파괴한다면 운터바움에서 살고 있는 자들의 대부분이 죽게 된다고."

"그렇습니다."

세베리아가 화난 목소리로 말했다.

"그런데도 바움 신을 파괴하겠다는 거야?!"

엠베르크가 답하기 전에 윈델이 물었다.

"그래야 할 이유가 있는 거야?"

아무런 감정도 섞이지 않은 눈으로 엠베르크가 세베리아와 윈델을 번갈아 본다. 잠깐의 대치 끝에 그가 한 말은 이전과 별다를 것 없는 문구.

"이것은 이미 저주받았습니다."

"그게 뭐야!"

세베리아가 소리치고 윈델은 하늘을 올려다보았다. 바움 신에게 무슨 일이 벌어지고 있는 걸까? 스스로에게 질문해 보았지만 어느 것도 답해주지 않는다. 결국 대답은 자신이 찾아야 한다.

"가자."

윈델이 걸음을 떼었다. 목소리가 크지 않았지만 세베리아는 어쩐지 그 한마디가 무겁게 느껴졌다. 한마디 반박도 없이 그의 뒤를 쫓았다.

세 갈래 길에서 마지막 남은 길로 들어선 것은 태양이 금색에서 남색으로 바뀌어갈 무렵이었다. 이 지역은 바움의 그늘이 제법 짙었다. 다시 말해 바움의 그림자 땅이었다.

하지만 쉐도우 엘프를 비롯한 마족들은 전혀 찾아볼 수 없었다. 그뿐 아니라 살아 있는 것 자체를 발견하기가 힘들었다.

하늘이 점점 더 어두워진다. 햇빛이 거의 가려져 한낮임에도 땅거미가 드리워져 있다.

이 깊은 계곡을 걸으며 세 사람은 거의 대화를 나누지 않았다. 경치를 감상하는 것도 아니다. 선두에 걷는 윈델은 긴장해 말을 하는 것조차 잊었다. 세베리아는 검자루에서 손을 떼지 못하고 있었다. 늘 같은 얼굴로 뒤따라 걷는 엠베르크를 제외한 두 사람은 미지의 그늘 숲에 두려움마저 느끼고 있었다.

"마족은… 없겠지?"

윈델이 잠시 멈춰서 숨을 고른다.

"몰라, 나도 처음 오는 곳이니까."

딱딱한 말투로 세베리아가 답했다. 긴장 때문이기도 했지만 의식적으로 윈델을 멀리하고 있었다. 이제는 일부로라도 그러지 않고는 윈델과의 거리를 잡기가 너무 어려웠다.

영면의 저주에 걸려 무방비로 쓰러져 있던 게 몇 번인가? 그동안 한결같이 지켜주는 윈델을 어떻게 하면 적으로 생각할 수 있을까?

그런 심리상태를 대변이라도 하듯 잊었던 '소중한 사람'의 기억들이 점점 더 많이 떠오르고 있었다.

그 흰 머리칼의 소년…… 그리고 그와 더불던 뷔렛 저택에서의 생활. 그렇게 떠오른 기억들은 잊지 않았던 기억보다 훨씬 강렬하게 머릿속을 차지했다.

이제는 온통 그 소년에 대한 추억밖에 생각나지 않았다.

그런 세베리아의 마음을 아는지 모르는지, 윈델은 지금 눈앞의 것에 집중하고 있었다.

"여긴 그늘진 땅이잖아. 마족이 있다 하더라도 이상할 게 없어 보이는데… 왜 조용한 거지? 마족들은 해 든 땅의 존재들이 침범하는 것을 결코 용서치 않는데……."

윈델은 숫제 몸을 돌려 세베리아와 엠베르크를 바라보았다. 세베리아의 대답이 신통치 않자 엠베르크에게 눈을 돌렸다.

"이 주위에 마족들이 있어?"

"마족이 그늘진 땅에 사는 존재들을 일컫는 말이라면 대답은 부정입니다."

"음……."

침음하는 윈델에게 어쩐 일인지 엠베르크가 친절한 설명을 붙인다.

"이곳은 어떤 존재도 살아갈 수 없는 땅입니다. 이곳에 생명이라고는 바움뿐이니까요."

"바움 신뿐이라고? 살아 있는 게?"

"그렇습니다."

윈델과 세베리아는 이해하기 힘들다는 표정을 지었다. 이렇게 물이 풍부하고, 살기 좋은 땅에 어째서 아무도 살지 않는 걸까?

"이곳은 이미 바움 그 자체입니다."

엠베르크가 말했다. 윈델과 세베리아는 여전히 알쏭달쏭해했다.

"이 근처의 모든 물질은 바움의 몸을 유지하기 위해 존재합니다. 바움이 허락하지 않은 모든 존재는 이곳에서 살아남을 수 없습니다."

"허락받지 않고 이곳에 오면 죽는다는 말이야?"

세베리아의 물음에 엠베르크가 그렇다고 답했다.

"그럼 우리는 어떻게……."

말꼬리를 흐리며 세베리아는 엠베르크와 윈델을 번갈아 보았다. 너희 둘이 바움 신에게 접근을 허가받았을 리 없잖아? 라는 눈빛을 띤 채.

윈델도 궁금하다는 듯 엠베르크를 응시했다. 엠베르크가 답한다.

"하지 않는 것이 아니라 하지 못하고 있습니다. 이미 바움은 저주받았으니까요."

저주라는 말이 유달리 윈델의 귀에 박혔다.

"힘을 잃었다는 얘긴가?"

혼잣말 조로 중얼거렸다. 하지만 세베리아와 그 말을 한 윈델 그 자신도 고개를 내저었다. 이곳에 서서 하늘을 뒤덮듯 수만 년 동안 서 있던 신이다. 그 권능에 끝이 있다는 것이 얼른 와 닿지 않았다.

"힘을 잃은 것은 아닙니다. 그는 말 그대로 저주받았습니다. 저주라는 말은 물론 당신들의 것으로 변환했을 때의 언어입니다."

"그렇다면 신들의 언어로는 뭔데?"

윈델의 물음에 엠베르크가 무어라 짤막한 단어를 입 밖에 냈다. 하지만 윈델과 세베리아는 그의 언어를 전혀 이해할 수 없었다. 심지어는 발음조차 기억에 남지 않았다.

윈델이 다시 걷기 시작했다. 마족이 없다는 것을 알았지만 여전히 그의 몸은 경계음을 내보내고 있었다. 목덜미까지 단단히 굳는다. 뒤따라 걷는 세베리아까지 그 때문에 덩달아 긴장될 정도였다.

하루가 지나고 이틀이 지나도록 세 사람은 그저 좁은 계곡 길을 따라 숲을 걸었다. 어렴풋하던 바움의 몸이 점점 더 짙은 갈색으로 또렷하게 다가왔다. 요철로 알록달록한 바움의 줄기는 나무의 밑동이라기보다는 벽처럼 느껴졌다. 직경 20킬로미터의 밑동을 보며 그게 나무라고 생각하는 사람이 과연 몇이나 될까?

아무런 사건도 없는 시간이 흐르던 중 갑자기 윈델의 머리에 한 줄 글귀가 새겨졌다.

—이리로 오라. 마땅히 있어야 할 곳으로 오라.

걸음을 멈추고 윈델이 두리번거렸다. 비록 문구였지만 윈델은 그것이 소리처럼 느껴졌다. 지향성을 가지고 있었고, 윈델은 그 '문구'가 들려온 곳으로 눈을 옮겼다.

"어⋯⋯."

윈델은 짤막한 탄성을 냈다. 그의 눈 끝에 닿은 것은 거대한 벽과도 같이 하늘로 솟은 바움의 몸체였다.

바움에게 다가가면 갈수록 그의 줄기가 점점 더 시야를 채우고 있었다. 이제는 하늘의 80퍼센트가량을 바움의 몸이 가렸다. 검은 갈색 빛의 울퉁불퉁한 그의 몸은 꿈틀거리듯 하늘로 감겨 올라갔다. 하지만 그것뿐인 풍경이 하루 반나절이나 계속되다 보니 이제는 면역이 되었다.

그런 윈델의 눈에 이색이 포착되었다.

세베리아가 윈델의 시선을 좇았다. 아직 제법 거리가 멀어 어렴풋하기는 했지만 나무줄기와는 다른 모습을 한 것이 드디어 눈에 보였다.

바움의 줄기, 벽과도 같던 껍질의 일부를 누군가 조각이라도 한 모양이었다. 조각품은 인체도, 정물도 아닌 신전 그 자체. 웅장한 처마와 기둥이 복잡하게 얽힌 신전이 바움의 줄기

겉면에 찰싹 달라붙어 있었다. 수십 개의 열을 지어 있는 기둥은 폭포에 갈라지는 물줄기처럼 복잡한 형태를 띠며 높게 솟아 있고, 처마는 하늘을 떠받칠 양 늠름했다.

"저곳인가?"

세베리아가 조심스럽게 말했다.

"엔스헤드가 있는 곳……. 한 채의 작은 오두막이라고?"

윈델의 말에 세베리아는 쓴웃음을 지었다. 저렇게 웅장한 오두막이 또 어디에 있을까?

하지만 음유시인의 노래에 나오는 문구가 묘사하는 게 반공에 떠 있는 저 신전이 아니라는 것은 오래잖아 밝혀졌다.

주변을 살피던 윈델은 정말 오두막 같은 것을 발견했다. 지금까지 걸어온 길이 바움의 뿌리와 뿌리 사이의 계곡이었다면 그곳은 그 가랑이쯤 되는 곳이었다. 바움의 밑동 가장 아래에 너와 지붕과 지붕을 얹은 작은 오두막이 있었다. 정확히는 오두막이 아니라 신전으로 향하는 문이었지만.

드디어 전설의 한 장면을 발견했다!

기쁠 만도 하건만 세베리아와 윈델 둘 모두 떨떠름한 얼굴이었다.

"드디어 왔네."

세베리아가 말했다.

"으, 응."

윈델의 대답에 세베리아가 다짐하듯 말했다.

"엔스헤드를 만나고 나면 반드시 책을 넘겨줘야 해!"

"알았어. 그 대신 기억을 찾기 위한 엔스헤드의 치료를 잠자코 받아야 해."

두 사람 사이의 계약조건이었다. 세베리아는 그의 말에 고개를 끄덕였다.

"약속할게."

세베리아는 대답을 하고는 길게 하품을 내쉬었다. 며칠 간의 경험으로 윈델은 세베리아가 다시 잠에 빠져드리라는 것을 알 수 있었다.

"쉬어."

윈델의 말에 세베리아는 아무런 대답도 하지 않고 조용히 등에 멘 에우로파를 풀어놓았다. 에우로파가 쿵 소리를 내며 바닥에 넘어지고, 세베리아도 급속히 잠에 빠져들었다.

줄 끊어지듯 쓰러지는 세베리아에게 윈델이 손을 내밀었다. 그녀는 윈델의 팔뚝에 매달리듯 엎어졌다.

엠베르크의 도움을 받아 윈델은 세베리아를 등에 업었다. 이제 엔스헤드가 있는 곳까지 얼마 남지 않았다. 세베리아의 기억을 되찾고, 그녀의 저주를 풀어야 한다.

문득 윈델은 다시 눈을 돌렸다. 조금 전 이리로 오라던 글귀가 머릿속을 떠나지 않는다.

눈앞의 문 안으로 걸음을 내디뎠다.

윈델은 그 안으로 들어서며 문득 이런 생각이 들었다. 세베리아의 기억을 되찾는 것, 책으로 인해 뒤틀린 나의 운명을 바로잡는 것.

이런 것들은 지금부터 알고, 또 보게 될 일들에 비한다면 하찮은 것이 아닐까 하는.

이 세계를 가르는 싸움에 정말로 휘말려 들게 될지도 모른다는 불안감이 엄습해 왔다.

하지만 등에 느껴지는 세베리아의 체온에 모든 걱정은 눈 녹듯 사라졌다. 세베리아의 기억만 되돌아온다면, 둘이 다시 어깨를 마주할 수 있다면 책을 얻는 원정에서 그랬듯 어떠한 시련이라도 이겨낼 자신이 있었다.

4

저주에 걸린 것을 알고 있었지만 꿈이 꿈으로 느껴지는 일은 드물었다.

세베리아는 꿈 안에서 눈을 떴다. 눈을 뜬 직후에는 늘 기억이 혼미했다. 현실은 꿈처럼 꿈은 현실처럼 느껴진다. 머릿속에 떠오르는 것보다는 지금 느껴지는 것이 훨씬 또렷하다.

세베리아는 지금 우거진 숲 가운데 서 있었다. 몸에는 실오라기 하나 걸치지 않았지만 부끄럽다는 생각이 들지 않았다. 설명할 수는 없었지만 이 공간에 살아 있는 것은 나 하나뿐이라는 것을 알고 있었다.

숲은 발목까지 맑은 물에 잠겨 있었다. 세베리아는 아무도 없는 태고의 숲을, 파문을 일으키며 산책하고 있었다. 잠에서 깨어나듯 눈을 떴지만 자신이 산책하고 있다는 것을 알고 있었고, 그 행동을 계속해 나갔다.

길게 늘어진 이름 모를 넝쿨들, 바위틈에 자라는 녹색의 이끼, 그리고 뿌리가 물에 잠긴 망그로브로 가득한 숲.

온통 녹색의 숲에 세베리아의 가슴은 한없이 가라앉았다. 찰방찰방 물이 발목을 간질인다. 숲 사이를 스쳐 온 바람을 한숨 가득 삼킨다.

"너는 속고 있어."

속삭이는 소리에 세베리아가 고개를 돌렸다. 목소리만 들릴 뿐 사람은 보이지 않았다.

"너는 속고 있어."

"무슨 말이야?!"

세베리아가 다시 고개를 돌리며 물었다. 보이지 않는 상대가 그녀의 말에 답했다.

"네가 이 길을 가는 것 자체가 바움 신을 해치는 거야."

"아니, 나는 단지 엔스헤드를 찾아갈 뿐이야."

"왜?"

목소리가 묻고 세베리아가 답한다.

"내 기억을 되찾기 위해서."

"어떤 기억?"

"내 소중한 사람. 책이 있는 방에 간 후로 나는 내 소중한 사람에 대해 잊게 되었어. 다행히 요즘 들어 조금씩 생각나고 있지만."

갑자기 목소리가 웃음을 터뜨린다. 꺄르르, 어린아이의 웃음소리가 숲 안 가득 퍼졌다. 세베리아는 눈살을 찌푸렸다.

"왜 웃는 거지?"

"역시 인간은 약하구나."

"무슨 말이야?!"

화를 내던 세베리아는 순간 냉정을 되찾았다. 보이지도 않는 상대, 그것도 어려 보이는 목소리에게 화를 내는 것이 바보처럼 느껴졌다.

"그만둬. 무슨 말로 또 나를 현혹하려는 거야?"

"현혹? 아니야. 조언하려는 거야."

"필요없어."

"필요할 거야."

세베리아의 앞에 목소리의 주인이 모습을 드러냈다. 세베리아는 그녀의 모습을 보는 순간 온몸이 감전된 듯 굳었다.

"오래간만이야."

여자는 세베리아에게 웃으며 인사를 건넸다.

"너, 너는……."

"맞아."

금색과 붉은색이 반반씩 섞인 머리칼을 가진 그 소녀는 세베리아 앞으로 한 걸음 더 다가섰다. 세베리아가 뒷걸음질을 쳤다.

"겁내지 마. 아까 말했잖아, 도와주러 왔다고."

"거, 거짓말……. 역시 여기는 꿈이었어!"

"응, 맞아. 꿈이야. 하지만 꿈속의 세계를 만드는 것은 다름 아닌 네 자신이야."

"나는 저주에 걸린 거야."

세베리아가 항변하고 소녀가 부정한다.

"저주에 걸려 잠이 들고 꿈을 꾸는 건 맞아. 하지만 꿈의 내용은 네가 만들어낸 거야. 그렇지 않다면 어떻게 내가 있지? 답해봐, 내가 누구야?"

"너, 너는……."

세베리아가 머뭇거린다. 소녀가 다시 한 걸음 세베리아에게 다가섰다.

"공교롭지 않아? 왜 세렛 대무녀는 너를 윈델과 함께 가라고 했을까?"

"……."

무언으로 답하는 세베리아에게 소녀가 말했다.

"파괴자를 부활시킨 재앙신을 설득하라고? 이상하지 않아? 설득이 통할 상대일 리 없잖아. 신을 파괴하려는 자가."

"그건……."

"윈델은 뭐지? 설마 진심으로 그가 너의 소중한 사람이라고 생각하는 건 아니겠지?"

"되살아나고 있는 기억이……."

세베리아의 머뭇머뭇하는 대답을 소녀가 끊었다.

"바보 같은 소리! 그게 기억일 리 없잖아. 세뇌야!"

"하지만 내 어린 시절의 기억과 연결되어 있어. 아무리 파괴자라 하더라도 그런 것까지 알 수 있을 리가 없어!"

"그럼 나는 어떻게 여기 존재하는 거지?"

소녀의 물음에 세베리아는 입을 다물었다. 소녀가 다그친다.

"어린 시절의 네가 어떻게 영면의 저주에 등장할 수 있어? 어릴 때의 네 모습을 그 누가 기억하고 있을까?"

소녀는 다름 아닌 세베리아의 어린 시절 모습이었다. 말투, 행동거지 어느 하나 할 것 없이 세베리아가 기억하고 있는 자신과 똑같았다. 자기 자신이 아니고서는 결코 흉내낼 수 없는 부분까지.

"나는 너야. 지금 네 마음속에 있는 어느 부분이 조언하고 있는 거라고."

"그럴 리가······."

"세상을 바로 봐. 언제까지 속아 넘어갈 생각이야? 네가
정말 원하는 건 이게 아니잖아. 왜 세렛 대무녀의 수긍할
수 없는 명령을 따르는 거지? 왜 재앙신과 파괴자의 말을
믿고 그들과 함께 행동하는 거지? 그게 정말 네가 원하는
거야?"

세베리아가 갑자기 소리를 쳤다.

"그만둬! 나도 어쩔 수 없어!"

"할 수 있어. 지금 당장에라도 그들과 헤어져. 다시 왕국으
로 돌아가 기사단을 이끌고 그들을 토벌해. 잃어버린 기억 따
위는 없어. 처음부터 허상이야. 파괴자 일행의 암시에 걸려
혼란을 겪고 있을 뿐이야."

세베리아가 귀를 닫는다.

"그만해!"

그녀의 외침이 진앙이 되어 사방으로 퍼져 나갔다. 흔들림
이 공기를, 숲을, 물을 진동시켰다.

눈앞에 있던 어린 소녀가 숲과 동화되어 사라져 가고, 세베
리아는 그 자리에 털썩 주저앉아 버렸다.

쓰러져 있는 세베리아를 누군가 꼭 껴안는다. 따듯한 품으
로 세베리아의 어깨를 감싸 안았다. 세베리아가 눈을 들었다.

그건…….

"코네리아 언니……."

세베리아는 자신도 모르게 흐르는 눈물을 훔쳤다. 눈앞에
보이는 풍경은 녹색의 숲과는 전혀 관계없는 어둡고 좁은 복
도였다. 한 남자의 등에 업힌 채, 그녀는 길게 이어진 복도를
지나고 있었다.

"깨어난 거야?"

업고 있던 남자가 물었다. 윈델이었다.

"또 내가 잠들었던 건가?"

세베리아의 물음에 윈델이 고개를 끄덕였다.

"응. 정말 예고없이 쓰러지는구나. 영면의 저주인지 뭔
지……."

윈델은 여전히 세베리아를 업고 있었다. 평소 같으면 깨어
나자마자 윈델의 등에서 떨어져 내리던 세베리아였지만 오늘
은 그러지 않았다. 잠자코 그 등에 업혀 있었다. 그 점이 이상
했지만 윈델은 굳이 그녀를 내려놓지 않았다.

"오늘은 싸우지 않은 모양이네?"

윈델이 묻는다.

"무슨 말이야?"

세베리아가 되묻자 윈델은 고개를 슬쩍 돌려 그녀를 바라

보았다.

"지금까지는 꿈속에서 누군가를 죽이겠다고 덤벼들었잖아. 뭐, 상대는 나와 엠베르크였던 것 같지만."

영면의 저주, 그 안에서 꿨던 꿈은 흡사 기억처럼 머릿속에 남아 있었다. 윈델의 말에 세베리아는 고개를 가볍게 끄덕거렸다.

"맞아. 완전히 악당처럼 구는 너희 둘을 상대로 내가 바움신을 지켜내는 꿈을 꿨었어. 거의 한 가지 패턴이었지."

"역시. 잠꼬대가 그런 것 같더라. 그런데 오늘은……."

"너, 있잖아."

세베리아가 윈델의 말을 끊었다.

"응?"

"책의 힘을 내게 주고 나면 어떻게 할 생각이야?"

세베리아의 갑작스러운 질문에 윈델은 일순 당황했다.

"그걸 왜 물어봐?"

"답해봐. 네가 케임델 성에서 난동을 피우고, 이 세계의 파괴자를 깨운 장본인임에는 변화가 없어. 책의 힘을 잃는다고 해서 네 죄가 없는 것으로 되지 않을 수도 있지. 그런 데다가 힘까지 잃게 되면 너 같은 건 순식간에 죽게 될 거야. 그런데도 내게 책을 넘겨주겠다고? 아니면 무슨 방법이 있는 거야? 나를 속이고 있는 거야?"

"아니!"

윈델이 세베리아의 말을 단호하게 부정했다.

"그런 게 아니야."

"그럼 뭐라는 거야?"

거듭 물어보는 세베리아에게 윈델이 말했다.

"솔직히 그렇게 깊이 생각해 본 적 없어."

윈델의 첫 마디에 세베리아가 황당하다는 듯 얼굴을 굳혔다.

"아니, 그런 걸 생각해 볼 만큼 지금 상황이 여유있지 않으니까. 앞일 따위 알 게 뭐야? 지금 당장도 아무것도 해결된 게 없는데. 나는 우선 세베리아, 네 기억을 되돌리는 게 먼저야."

"기억을 되찾지 못한다 하더라도 책은 주기로 한 거잖아?"

세베리아가 다시 물었다.

"그야 할 수 없잖아. 그렇게 약속하지 않으면 내 일에 협력할 생각이 없다며."

"당연하지. 파괴자와 그 동료를 어떻게 믿으라는 거야?"

윈델은 세베리아의 말에 짤막히 한숨을 쉬었다.

"그래서 책을 주겠다는 거잖아. 약속한 대로 책을 준다면 너도 조금은 날 믿을 생각이 생기겠지. 안 그래? 네 말 그대로, 나는 목숨을 걸고 넘겨주는 거니까."

세베리아의 말문이 막혔다. 윈델의 말 그대로였다. 정말로 자신에게, 아무런 술수도 부리지 않고 책을 넘긴다면 그를 믿는 것 말고는 방법이 없게 된다. 그 어떤 말, 기억, 심지어는 신탁조차도 그의 진정성을 무너뜨릴 수 없다.

세베리아의 대답이 없자 윈델이 다시 입을 열었다.

"책의 방에 도착해 지금까지 나는 선택할 수 있는 부분이 거의 없었어. 눈떠보니 세계의 대악당이 되어 있질 않나……. 아무튼 나는 내 기억과 어긋난 세계를 정상으로 되돌리고 싶을 뿐이야. 다른 건 다 참을 수 있어도 세베리아 네가 나를 잊은 것만큼은 참을 수 없어."

윈델에게 업힌 채 세베리아는 조용히 그의 뒤통수를 바라보았다.

거짓말도 거듭 듣다 보면 믿음이 생기게 마련이다. 한결같은 윈델의 말에 세베리아는 자신도 모르게 마음이 기울어지고 있음을 느꼈다.

흘끗 또 무언가가 기억난다. 윈델과 함께 있는 자신의 모습이 머릿속 어딘가에서 퍼뜩 떠올랐다. 기억인지, 세뇌인지 구분할 수 있는 방법은 없었다.

결국 이것을 기억으로 인정하고 하지 않고는 '증거'가 아닌 '믿음'에서 기인할 듯했다.

세베리아를 업고 있는 윈델, 그리고 그 뒤에서 에우로파를 들고 잠자코 따르던 엠베르크.

　세 사람은 하나의 새하얀 홀 안으로 막 걸음을 내디뎠다.

　엔스헤드의 방으로.

Chapter 20
이별

Unterbaum
운터바움

1

처음 본 홀의 느낌은 낯설면서도 또 친숙했다. 처음 와본 곳이니 낯선 것이 당연했다. 하지만 윈델도, 세베리아도 이곳이 처음이라는 느낌이 들지 않았다.

윈델의 등에서 내려 에우로파를 등에 짐 진 세베리아가 주위를 두리번거렸다. 번들거리는 유리벽이 홀의 앞에 천장까지 닿아 있었다. 그 유리벽이 기시감의 원인이었다.

"책의 방!"

세베리아가 외치고 윈델이 고개를 끄덕였다. 이곳은 다름 아닌 가시칼바람 계곡에 책을 봉인해 두었던 그 방과 놀라울 정도로 비슷했다.

엔스헤드의 방바닥에도 동심원의 마법진이 그려져 있었다. 아무 생각 없이 그곳으로 걸어가던 세베리아를 윈델이 잡아 세웠다.

"마법진은 밟지 않는 게 좋을 것 같아."

세베리아가 고개를 끄덕이며 윈델의 말을 좇았다.

"엠베르크, 진짜 이곳이 치료사 엔스헤드가 있는 곳이야?"

윈델의 물음에 엠베르크가 답했다.

"그렇습니다."

윈델이 눈살을 찌푸렸다.

"상상이랑 다른데……. 정말 이곳에서 병을 고칠 수 있다고? 아무것도 없는 방인데? 무슨 마법의 힘으로 고칠 수 있다는 건가?"

마법진을 밟지 않도록 조심하며 윈델은 주변의 벽 등을 살폈다. 하지만 이곳에 있는 거라고는 유리벽과 이상한 감촉의 돌벽 두 가지 말고는 없었다.

"작동시켜 보면 알겠지."

세베리아가 윈델의 말에 대꾸라도 하듯 말했다. 그리고는 바닥의 마법진에 발을 쑥 들이밀었다.

세베리아가 마법진을 밟는 순간 유리벽이 빛나기 시작했다. 처음에는 은은한 빛이 유리벽 아래에서 맴도는 정도였는데, 점점 더 환해지더니 곧바로 방 안 전체를 환하게 밝혔다.

세베리아가 밟고 있던 마법진이 움직였다. 그곳에 적혀 있던 문자는 에르시안의 것들이었다. 세베리아가 그곳에 선 것 자체가 스위치라도 되는 양 마법진 전체가 꿈틀거렸다.

그 모습을 보던 윈델이 조그맣게 중얼거리기 시작한 것이 바로 그때였다.

"이곳은 엔스헤드의 방. 원하는 것이 있다면 엔스헤드의 이름을 부르라."

세베리아가 고개를 돌려 윈델을 봤다. 윈델의 눈이 닿은 곳은 전면의 유리벽. 그곳에는 에르시안의 글자들이 새겨져 있었다.

"설마… 읽은 거야?"

세베리아의 물음에 윈델이 퍼뜩 정신을 차린다.

"아니, 읽은 건……."

읽은 건 아니었다. 눈 씻고 봐도 에르시안의 문자는 이해할 수 없었다. 윈델이 읽은 것은 글자가 아니라 그 뜻이었다. 언젠가부터 머릿속에 에르시안 문자들이 떠오르며 그 뜻이 저절로 뇌리에 각인되고 있었다.

"읽은 게 아니라 그냥 이해가 가."

윈델은 이렇게 말하며 다시 떠오르는 글자들을 이해할 수 있는 언어로 번역했다.

"엔스헤드는 전능하지 않으나 필요불가결이다. 이것을 이해하는 것이 엔스헤드와의 만남이 이로움이 될 첫 번째 조건이다."

세베리아는 윈델의 말을 들으며 다시 엔스헤드의 방 한쪽 벽에 새겨지고 있는 문자들을 보았다. 여전히 빛나는 글자와 검은 유리벽의 이분법밖에는 눈앞의 장면을 이해할 방법이 없었다.

"세베리아, 엔스헤드의 이름을 불러봐."

멍하니 벽을 응시하고 있는 세베리아에게 윈델이 말했다. 세베리아는 잠자코 그 말을 따랐다.

"엔스헤드."

그 순간, 엔스헤드의 방 안에 또 하나의 인물이 모습을 드러냈다. 그리고 그가 엔스헤드라는 건 굳이 소개를 받지 않아도 누구나 예상할 수 있는 일이었다.

엔스헤드는 언뜻 봐도 환갑은 넘은 듯한 늙은이였다. 수염을 가슴팍까지 길러 곱게 단장하고, 하얀 머리칼은 뒤로 넘겨 상투를 틀 듯 머리 위에 묶었다. 바지, 저고리, 신발 어느 하나도 윈델과 세베리아에게는 낯설었다. 그는 소매가 넓은 옷과 사제복처럼 치렁한 두루마기 같은 옷 차림새였다.

그가 나타난 것은 그야말로 순식간의 일이었다. 빛 덩어리와 함께 세베리아의 앞에 갑자기 등장했다. 워프를 한 것이 아닌가 싶었지만, 어차피 상대가 인간이 아닌 이상 그런 추측은 무의미했다.

"당신이 엔스헤드입니까?"

세베리아가 그 노인에게 물어봤다. 그 순간 노인의 몸 전체가 지직거리며 한 번 출렁거렸다. 아지랑이라도 뒤덮인 듯한 짧은 흔들림이었다. 그 이상한 광경에 놀라기도 전에 노인, 엔스헤드가 답했다.

"그렇네."

"어떤 병이라도 치료할 수 있다는 전설의 치료사가 정말 당신입니까?!"

윈델이 다급한 목소리로 물었다. 하지만 엔스헤드는 세베리아를 바라볼 뿐 윈델의 물음에는 답하지 않았다. 윈델이 다시 묻는다.

"답해주십시오. 정말 모든 병을 치료할 수 있습니까?"

세베리아가 윈델을 쳐다보았다가 다시 엔스헤드를 보았다. 하지만 엔스헤드는 여전히 묵묵부답이었다. 지켜보던 엠베르크가 입을 열었다.

"엔스헤드가 인식할 수 있는 것은 저 아래 동심원의 센서… 마법진 위에 있는 사람뿐입니다."

윈델이 아, 하는 소리를 내며 세베리아가 있는 곳으로 두 걸음 다가섰다. 정말 그제야 윈델을 발견한 듯 엔스헤드가 그 쪽으로 눈을 돌렸다.

윈델은 같은 질문을 또 한 번 해야 했다.

"당신이 이 세상의 모든 병을 치료할 수 있다는 게 사실입니까?"

윈델의 물음에 엔스헤드는 허허, 하고 너털웃음을 터뜨렸다.

표정에서 손짓, 목소리 어느 하나도 자연스럽지 않은 구석이 없었다. 미리 엠베르크에게 듣지 않았더라면 윈델과 세베리아, 두 사람 모두 엔스헤드가 인간이 아니라는 것을 눈치채지 못했을 듯했다.

윈델의 물음에 엔스헤드가 답했다.

"나는 신이 아니네. 모든이라는 말은 함부로 할 수 없네. 자네들은 병을 치료하기 위해 온 것인가?"

세베리아는 답하지 않았다. 그를 대신해 윈델이 말한다.

"그렇습니다. 여기 있는 사람, 세베리아가 기억을 잃었습니다. 잃어버린 기억을 되찾을 수 있겠습니까?"

윈델의 말에 엔스헤드가 세베리아의 머리 쪽을 훑어보았다.

"기억을 잃었다라……. 대부분의 경우에 기억을 잃는다는 것은 방어기제에 해당하네. 머리에 충격을 받아 그렇게 되는 일도 있지만 그보다는 기억을 잃은 사람 스스로가 원한 경우가 더 많지."

"그녀가 원해서 그렇게 된 게 아닙니다."

윈델의 말을 엔스헤드가 끊었다.

"그건 그녀 자신만 알고 있는 일이네."

엔스헤드가 세베리아를 바라본다. 세베리아는 엔스헤드의 시선을 슬쩍 피했다. 그의 눈과 마주치는 것이 어딘가 꺼려졌다.

한참이나 그가 세베리아의 머리 주변을 살펴보았다. 긴장되는 광경이었다. 윈델은 침조차 조심스럽게 삼켰고, 세베리아는 온몸의 솜털까지 거꾸로 서는 듯했다.

"기억을 잃은 게 아니군."

엔스헤드가 말했다. 그 말에 세베리아와 윈델은 어깨를 흠칫했다.

"그럴 리가……."

라는 윈델의 말이 엔스헤드에 의해 제지당했다.

"아픈 건 자넨가? 아니면 이 사람인가?"

"그야……."

"그럼 잠자코 있게."

이렇게 윈델의 말문을 막고는 엔스헤드가 다시 세베리아에게 말했다.

"기억을 잃은 게 아니야. 누군가 자네의 머릿속 기억을 조작하고 있어. 그리 강력한 세뇌는 아니지만."

"세뇌?"

세베리아는 엔스헤드의 말을 듣는 순간 조금 전 꾸었던 꿈이 떠올랐다. 꿈속에서 어린 시절의 '세베리아'가 말했다, 윈델에게 세뇌당하고 있다고.

"누가 세뇌를……."

"누구? 아니, 이건 사람이 한 일이 아니야. 범인은 곰팡이일세."

"곰팡이라면… 그 지하실에 검게 피어나는 그런 것들 말인가요?"

세베리아의 물음에 엔스헤드는 고개를 끄덕였다.

"그렇지. 잘 알고 있군그래. 곰팡이가 일종의 환각을 일으키고, 그 환각이 실제의 기억을 대신하고 있는 걸세. 상당히 저급한 마약의 일종이지. 누가 그걸 했는지까지는 나도 알 수 없네."

세베리아는 윈델을 돌아보았다. 마약을 써서 세뇌를 했다는 엔스헤드의 말에 가장 먼저 떠오른 것은 윈델이었다. 윈델이 손사래를 쳤다.

"절대 아니야!"

세베리아는 굳이 이곳에서 윈델과 말싸움을 할 이유가 없다고 느꼈다. 엔스헤드에게 말했다.

"그 세뇌를 원래대로 되돌릴 수 있습니까? 그리고 제게 걸려 있는 영면의 저주라는 것도 풀고 싶습니다."

"영면의 저주라……. 그런 것을 쓰는 자도 있던가? 허어, 이 세상이 어떻게 되려고……."

진짜 노인처럼 한탄을 하고, 엔스헤드는 손바닥을 들어 올려 세베리아의 이마에 얹었다.

"치료는 어렵지 않네만 그런데 자네 몸의 일부에 '문자'가 깃들어 있군. 바움 제어 장치의 일부 같은데, 혹시 자네는 관리국의 사람인가?"

엔스헤드의 물음에 세베리아는 대답할 말을 찾지 못했다. 그 관리국이라는 것이 뭔지 전혀 몰랐으니까.

"그게 무슨 말입니까?"

"흐음, 이상하군그래. 관리국 사람이라면 고유 식별신호가 있을 텐데……."

엔스헤드의 그 물음에 답한 것은 윈델도, 세베리아도 아니었다. 엠베르크가 마법진 안으로 들어섰다. 엔스헤드가 놀란 눈으로 엠베르크를 본다.

"엠베르크?!"

"오래간만입니다, 엔스헤드."

"오래간만이군그래! 아니, 그보다… 어떻게 자네가 이곳에 온 것인가?"

짤막한 인사말이 오갔다. 윈델은 두 사람이 서로 알고 있다는 게 어쩐지 묘하게 느껴졌다.

한편 세베리아는 이 순간 소름이 돋았다. '파괴자' 엠베르크. 그리고 그에게 인사를 건넨 엔스헤드. 두 존재가 서로 알고 있다는 사실이 갑자기 가슴에 와 닿았다.

이 세계를 파괴하려는 자와 알고 지내는 엔스헤드라는 전설 속의 존재가 정말로 인간의 아픔을 치료해 주는 치료사일까? 아니, 애초에 이곳이 정말 엔스헤드의 방이긴 한 건가?

어쩌면 자신은 윈델의 손바닥 안에서 놀아나고 있는 게 아닐까? 엔스헤드의 치료라는 것이 오히려 세뇌의 일종은 아닐까?

의심이 꼬리에 꼬리를 물었다. 그리고 그러한 추측은 어느샌가 공포가 되어 몸을 옥죄었다.

엔스헤드가 다시 엠베르크에게 말했다.

"설마 자네도 무슨 치료를 받기 위해 왔다는 말을 하지는 않겠지?"

엠베르크가 표정 하나 바꾸지 않고 엔스헤드의 말에 답했다.

"당신의 치료가 소용없다는 것을 알고 있지 않습니까?"

"농담일세. 여전히 딱딱하군그래."

"그렇습니까?"

겁에 질린 세베리아와는 달리, 윈델은 이 광경이 재미있게 느껴졌다.

"잠깐, 엠베르크, 너 엔스헤드를 알고 있던 거야?"

"그렇습니다."

"그럼 어째서… 아! 하긴 너는 엔스헤드를 알고 있다고 이미 이야기했구나. 하지만 이런 식으로 서로 알고 있는 사이라고는 생각하지 못했는데……."

윈델은 이제야 납득해 고개를 주억거렸다.

엔스헤드가 새삼 윈델을 바라보았다. 엠베르크를 데리고 온 남자가 바로 윈델이라는 점을 깨달은 것이다. 그의 시선에 대답이라도 하는 듯 엠베르크가 말했다.

"그가 지금 '제어 문자'의 주인입니다."

"역시! 그런가? 관리국의 꼰대들이 잘도 이런 어린아이에게 문자를 맡겼네."

엔스헤드는 윈델을 위아래로 훑어보았다. 알 수 없다는 듯 연신 고개를 갸웃거린다.

윈델은 눈앞에 있는 전설의 치료사 엔스헤드와 엠베르크가 같은 종족이라는 것을 깨달았다. 둘 모두 바움 신과 관련이 있는, 그리고… 둘 모두 에르시안 시대와 깊게 관여되어 있다.

"일단 그럼 영면의 저주라는 것부터 치료하도록 해볼까?"

엔스헤드가 두 손을 허공으로 들어 올리더니 무언가를 누르기 시작했다. 윈델과 세베리아의 눈에는 그저 빈 공간에 춤을 추는 듯 보였지만, 그는 분명 보이지 않는 무언가를 누르고 있었다.

그의 손짓에 따라 유리벽의 방이 변해갔다. 그저 회벽 칠을 한 것 같던 모퉁이, 벽면이 갈라지고 벌어지며 복잡한 기구를 내놓았다. 어떤 것은 의자 같았고, 또 다른 것은 허수아비의 팔 같은 느낌이었다.

금속으로 된 것이며, 도자기 같은 질감의 둥글고 네모난 수많은 기구들에 윈델과 세베리아는 몸이 위축됐다. 위해를 입은 것도, 그것들이 겁을 준 것도 아닌데 분위기에 휘말렸다.

"이쪽으로 앉게나."

먼저 엔스헤드가 세베리아에게 말했다. 세베리아가 윈델을 돌아본다. 윈델은 입으로 약속이라는 말을 벙긋거렸다. 치료에 응하기로 한 약속을 상기시킨 것이다. 세베리아는 눈을 흘기며 엔스헤드가 손짓한 의자에 엉덩이를 걸쳤다.

"저주 같은 것은 400년 전의 브리스번 협약에서 사용하지 않기로 협약이 끝났는데, 누가 사용한 건지."

엔스헤드가 투덜거렸다. 윈델과 세베리아는 그런 협약이 있었나 싶어 고개를 갸웃했다.

엔스헤드가 다시 손을 놀렸다. 둥근 고리가 세베리아의 머리 위로 다가오고, 온화한 빛이 그녀의 몸 전체를 비추었다. 좌불안석이던 세베리아는 그 빛에 조금씩 몸이 늘어지더니 어느새 눈을 감고 깊은 잠에 빠져들었다.

그사이 엔스헤드가 윈델을 보았다.

"그런데 자네, 일 너무 건성으로 하는 것 아닌가?"

"그게… 무슨 말입니까?"

다짜고짜 듣는 꾸중에 윈델이 되묻고, 엔스헤드는 허공에 손짓을 하며 혀를 쯧쯧 찼다.

"세대가 거듭할수록 인류는 열화되고 있다니까! 다윈이 울겠어."

"다윈이 누굽니까?"

"그것도 몰라? 초등교육만 마쳐도 알 수 있는 이름인데?"

"들은 적 없습니다. 구세대의 영웅입니까? 아니면 혹시 에르시안 시대의 사람입니까?"

엔스헤드가 눈살을 찌푸렸다. 대화의 맥이 어긋나는 듯싶자 엠베르크에게 눈을 돌렸다.

"혹시 내가 고장이라도 난 건가?"

"아닙니다. 모든 것이 정상으로 작동하고 있습니다."

엠베르크의 대답에 엔스헤드는 더더욱 이해하기 힘들다는 표정을 지었다. 다시 윈델을 본다.

"에르시안이 뭔가?"

"이 세계에 살던 고대의 종족입니다. 엠베르크를 만든……."

윈델의 대답에 엔스헤드는 짤막히 한숨까지 내쉬었다.

"더 알 수 없는 소리만 하는군그래."

엠베르크가 설명을 더한다.

"에르시안은 고향을 떠나온 우리의 주인들을 뜻합니다. 즉, 인간을 일컫는 말입니다."

"그럼 이들이 인간이 아니라는 건가?"

엔스헤드가 이렇게 물으며 손가락의 속도를 높였다. 그리곤 자신이 한 말에 대답을 내놓는다.

"이들도 인간인데? 유전자의 형식이 같잖아."

"더 이상은 제가 이야기할 수 없게 되어 있습니다."

"관리국의 금제인가?"

"그렇습니다."

엔스헤드는 끄응, 신음을 삼켰다.

"내 몸 안의 시계가 이상해진 건가? 아니면 메인 프레임이 고장나기라도 한 거야 뭐야?"

마지막으로 힘차게 손을 한 번 휘저었다. 세베리아의 머리 위에서 빛나던 고리가 천천히 빛을 잃어가고, 그에 맞추어 그녀가 숨소리를 내며 잠에서 깨어나기 시작했다.

"다시 세팅하기 성가시다. 이번에는 제어코드를 가진 녀석, 네 저주를 치료하자."

윈델은 짧은 시간 동안 너무 많은 불가해한 단어들을 들어 머리가 핑핑 돌 지경이었다.

한편으로 윈델은 엔스헤드와 더 많은 이야기를 나누고 싶어졌다. 지금까지 생겨났던 궁금증. 엠베르크의 존재 이유라거나 바움 신, 에르시안 시대와 에르시안인 같은 것들을 엔스헤드를 통해 풀 수 있을 듯싶었다.

윈델이 엔스헤드가 불러낸 의자에 앉았다. 윈델을 치료하는 데에는 세베리아를 치료하는 데 필요한 시간의 절반도 채 들지 않았다.

2

다시 세베리아가 의자에 앉았다. 엔스헤드는 아까와 다른 장치들을 세베리아 곁으로 불러들였다. 둥근 고리를 대신해 별 모양의 고리라거나 날카로운 바늘이 달린 금속 팔 따위가 그것이었다.

의자에 앉은 세베리아는 아까보다 더 겁에 질렸다. 눈앞에 뾰족한 것들이 우왕좌왕하니 무서울 법도 했다. 하지만 그것도 잠시, 세베리아는 다시 치료를 위한 잠에 빠져들었다.

세베리아를 치료하는 사이, 윈델이 엠베르크의 눈치를 살피며 엔스헤드에게 말을 걸었다.

"대체 당신들을 만든 사람은 누구입니까? 어떤 신들입니까?"

아무렇지도 않게 엔스헤드를 만들어진 '물건' 취급을 한다.

"나를 만든 것? 글쎄, 그걸 뭐라고 해야 할까? 신인가? 하긴 신이라고 해도 틀린 말은 아니지. 형태를 만든 것이야 프로그래머지만 내게 생명을 깃들게 한 것은 신이라고 할 만해."

"프로그래머… 라는 게 뭡니까?"

"프로그래머가 뭐긴. 너도 프로그래머일 것 아냐. 그러니까 제어 코드를 가지고 있겠지."

"저는……."

윈델의 말을 끊으며 엠베르크가 말했다.

"당신의 언어로 바꾸자면 마법사입니다."

"아! 맞아요. 전 원래 마법사였습니다."

엔스헤드가 마음에 들지 않는다는 듯 혀를 찼다.

"그런 대단한 이름을 이어받을 만큼 뛰어나 보이지는 않는데? 인문 철학과 자연 과학, 인류를 성장시킨 두 위대한 학문 모두에 정통한 사람들을 일컫는 데 쓰는 단어를."

엔스헤드가 잠시 입을 다물고 한참 동안 손짓을 하다 다시 입을 열었다.

"하긴, 한때 자연 과학만을 강조해 모든 기술을 자연 과학으로 풀어보기 위해 애쓰던 때가 있긴 했지. 그때는 마법을 무슨 미신 취급해댔지. 결국은 균형의 이야기인데."

노인의 넋두리 같은 이야기를 듣던 윈델이 다시 물어봤다.

"그럼 당신들을 만든 것이 에르시안 시대의 마법사라는 것입니까?"

엔스헤드는 슬쩍 고개를 끄덕였다.

"네 정의를 빌자면 그렇긴 하지. 그런데 정말 너희는 정체가 뭐냐? 인간이 아닌 거냐?"

"…전 인간입니다."

윈델은 조금 자신없는 말투로 답했다. 엠베르크와 이야기할 때도 그렇지만, 신의 하인들과 인간들 사이에는 언어의 정의가 조금 다른 듯싶었다. 윈델이 다시 말을 하려던 찰나 엔스헤드의 얼굴이 굳었다.

"어?!"

"무슨 일입니까?"

"아, 아니… 특이한 진균인데?"

"진균이라니요?"

"곰팡이 말이야. 지금까지 본 적 없는 곰팡이야. 이 여자아이의 기억을 건드린 곰팡이, 변종인지 신종인지 좀 더 알아봐야겠는걸."

엔스헤드의 말 중 열에 한둘은 이해불가였다. 하지만 문맥까지 이해할 수 없는 건 아니었다. 덩달아 윈델도 심각한 표정을 지었다.

"그럼 치료할 수 없는 겁니까?"

"뗙! 내 삼대 위 조상이 암으로부터 인간을 해방시킨 분이다. 내 앞에서 불치란 건 없어."

엔스헤드의 움직임에 가속이 붙었다. 신발을 벗어 던지더니 발가락까지 허공을 찍어댔다. 옆에서 보기에는 그저 노망난 춤사위에 불과했지만, 엔스헤드의 표정은 시종 진지하고 또 심각했다.

윈델은 더 이상 엔스헤드에게 말을 걸지 못했다. 세계의 비밀보다는 세베리아의 안위가 더 중요하다.

얼마가 지났을까?

엔스헤드의 움직임이 다시 느려지기 시작했다. 그의 손놀림을 따라 작은 기계팔 하나가 세베리아의 몸 안으로 파고들었다. 바늘구멍 같은 틈을 내고는 그 사이로 가느다란 금색실이 기어들어 간다. 피 한 방울 흐르지 않고, 상처조차 남지 않을 듯 보였다.

윈델은 세베리아의 몸이 걱정되었지만 눈앞에 펼쳐지는 모든 것들에 대해 무지했기에 잠자코 있을 수밖에 없었다.

세베리아의 몸 안에서 다시 금실이 빠져나왔다. 엔스헤드가 다시 입을 연 것이 그때였다.

"일단 곰팡이 적출은 성공했네. 혼란을 주던 것은 사라졌다고 할 수 있지. 그런데, 흐음… 이거 좀 이상하군그래."

"뭐가 말입니까?"

윈델이 묻자 엔스헤드가 흠, 하는 콧소리를 내고는 다시 성질을 부렸다.

"자네가 일을 똑바로 안 해서 그런 것 아닌가!"

마른하늘에 날벼락이라고, 뜬금없는 소리다. 윈델이 눈을 동그랗게 뜨고 되묻는다.

"아까도 그러더니 그게 무슨 말입니까?"

"이걸 보게."

엔스헤드가 손짓을 하자 한쪽 벽을 가득 채웠던 유리질의 벽면에 그림이 하나 떠올랐다. 씨앗 같은 점을 중심으로 사방으로 뻗어나간 가느다란 실의 덩어리였다. 전체적인 모습이 홀씨나 그 비슷한 것과 닮았다.

"뭔지 아나?"

"글쎄요……."

모르는 게 못마땅한 듯 엔스헤드가 다시 버럭했다.

"자네의 일인데도 모르면 어떻게 하겠다는 건가!"

"글쎄, 제 일이라는 게 도대체 뭔데 그러는 겁니까?"

"바움의 제어 및 제거!"

윈델은 뒤통수가 쿵하고 울렸다. 신을 제어하고 제거한다던 엠베르크의 광망하던 발언을 이제는 '직업'이라고 이야기한다. 밭 갈고 소 키우고, 관청에 나가 서류 정리하는 것과 같은 수준으로 신을 제어하고 제거하라니!

"그, 바움 신을……."

하지만 놀라고 있는 건 오히려 엔스헤드인 모양이었다.

"바움 신? 푸하, 자네 지금 날 놀리는 건가?"

그때까지 조용히 있던 엠베르크가 앞으로 한 걸음 나섰다.

"이해하기 힘들겠지만 이들은 바움을 신이라고 부르고 있습니다."

"그건 또 무슨 해괴망측한 소린가? 요 몇 년 사이에 인간들이 집단으로 세뇌라도 당한 건가?"

"그 이상은 이야기할 수 없습니다."

"또 관리국의 금제인가! 하여간 네 녀석들은 뭐 그리 비밀이 많은 거야?"

엔스헤드가 투덜거린다. 그리고 다시 윈델을 바라보았다.

"아무튼 네게 맡겨진 일은 똑바로 해라. 그러지 않으니까 이런 게 태어나는 것 아니냐? 이건 바움의 흠씨야. 변종 진균이 기생해 인간의 기억에 영향을 미치게 되었어. 바움의 기능 일부가 이상을 일으키고 있다는 증거라고. 제대로 관리하지 않는다면 똑같은 일이 다시 벌어질 가능성이 높아."

엔스헤드의 대답을 들으며 윈델은 얼마 전에 깨달은 것을 떠올렸다. 바움 신은 이 세계의 기억을 자기 입맛대로 바꾸고 있었다. 기억들을 조종하는 매개체가 바로 그 자신의 홀씨인 모양이었다.

못마땅하게 보는 엔스헤드를 향해 윈델이 주먹을 꼭 쥐며 말했다.

"어떻게 해야 하는지 모르겠지만… 전 이 세계의 끝을 보고 싶습니다. 이 세계에 어떤 일이 일어나고 있는 건지, 왜 나와 당신들이 알고 있는 세계의 모습이 다른 건지."

엔스헤드는 윈델의 말에 쯧 하고 혀를 찼다.

"세계의 끝을 보기 전에 네 할 일이나 제대로 해. 제어 코드를 가지고 있으면서 그게 무언지도 모르고."

"그건… 전 그 제어 코드라는 걸 세베리아에게 넘겨줄 생각입니다. 그러기로 그녀와 약속했습니다."

엔스헤드가 세베리아에게 눈을 돌렸다. 그녀는 여전히 의자에 앉아 잠들어 있었다.

"휴, 나는 모르겠다. 뭐가 어떻게 돌아가고 있는지. 애초에 내 일도 아니고, 알아서 해. 더 이상 치료할 것이 없다면 나는 내 자리로 돌아가야겠다."

엔스헤드의 손짓을 따라 벽 사이에서 튀어나왔던 수많은

도구들이 다시 안으로 사라져 갔다. 세베리아가 잠에서 깨어나고, 그녀가 앉았던 의자까지 사라지고 나니 이곳은 다시 황량한 회백색 공간이 되었다.

"치료해 주서서 감사합니다."

엔스헤드에게 윈델이 인사했다. 막 잠에서 깨어나 아직 얼떨떨해하던 세베리아도 엉겁결에 엔스헤드에게 고개를 꾸벅 숙였다.

"내 할 일을 했을 뿐이다."

엔스헤드가 짤막히 답했다. 윈델은 그와 더 많은 이야기를 나누고 싶었지만, 그건 나중에 해도 될 일. 세베리아의 기억이 우선이었다. 엔스헤드가 사라져 가는 모습에서 눈을 떼고 세베리아를 쳐다보았다.

침묵이 수 분. 세베리아가 고개를 갸웃한다.

"뭘 그렇게 쳐다봐?"

"아, 그게… 기억이 돌아온 거야?"

"무슨 이상한 소리를 하는 거야?"

세베리아가 이상하다는 눈으로 윈델을 본다.

"기억 말이야. 날 잊었었잖아. 이제 기억나? 내가 누구인지 알아?"

"네가 누구긴, 윈델이잖아. 윈델 퀴렌스. 이쪽은 엠베르크. 바움 신의 신탁에 등장한 파괴자이고."

윈델은 세베리아가 정상으로 돌아왔는지 확신할 수 없었
다.

"그러니까……."

"이상한 소리는 관두고, 설명이나 해봐."

"무슨 설명을……?"

세베리아가 눈살을 찌푸렸다.

"전부 다!"

윈델은 눈만 동그랗게 뜬 채 세베리아의 말에 답하지 못했
다. 답답하다는 듯 세베리아가 말했다.

"내가 왜 이곳에 있는 건지. 여기가 어딘지, 그리고 그동안
무슨 일이 일어난 건지 말이야! 책이 있는 방에 갔던 것까지
는 또렷한데 그 뒤로는 영 흐릿한 게 이상해."

"기억이 돌아온 게 맞구나!"

윈델이 소리를 질렀다.

"귀청 떨어져!"

세베리아는 귀를 틀어막았다. 윈델은 그 말에는 아랑곳 않
고 세베리아를 얼싸안았다.

"기억이 돌아왔어!"

"너 왜 그래?! 미친 거야?"

"아니! 아니야, 기억이 돌아왔다고! 네 기억이 돌아왔어!"

"내가 기억을 잃기라도 했다는……."

세베리아는 말을 하다 갑자기 멈췄다. 혼미했던 머릿속의 기억들이 하나둘 떠오르기 시작했다. 흐릿한 진흙탕이 시간이 흐르며 맑아지듯 그동안 있던 일이 점점 또렷해졌다.

"이거, 뭐야?"

세베리아가 윈델의 품에서 벗어난다.

"응? 뭐가?"

"내가 널 죽이려 했던 거야?"

세베리아의 목소리 끝이 가볍게 떨렸다. 윈델은 세베리아에게 미소 지었다.

"죽이려고만 했어? 내가 얼마나 당황했는지 알아? 세베리아뿐 아니라 세상 사람 어느 누구도 나를 기억하지 못하는 거야!"

"지금 생각나는 일들이⋯ 전부 진짜라고? 꿈이 아니라?!"

"어느 게 꿈이고 또 기억인지는 모르지만."

"내가 영웅이 되고, 네가 재앙신이 되었다고?"

"그건 기억이 맞아."

세베리아는 그 자리에 털썩 주저앉았다. 자신이 경험한 일이지만 낯설게만 느껴졌다.

혼란스러워하는 세베리아의 곁에 윈델도 자리를 잡았다.

"약속은 기억나?"

"약속?"

"응, 엔스헤드를 만나고 나면 책을 넘겨주겠다는 내 약속."

윈델의 말에 세베리아가 고개를 끄덕인다.

"기억나. 내가 한 것 같지는 않지만. 나, 정말 요 몇 달간 나이긴 했던 거야?"

"응, 맞아. 나를 기억하지 못한다는 것을 제외하고는 내가 알던 세베리아 아가씨 그대로였어."

세베리아는 윈델을 한참이나 바라보았다. 그러더니 그의 뺨에 손바닥을 살짝 얹었다.

"너……."

"어떻게 나를 잊을 수 있어?"

윈델의 투정에 세베리아는 곤란한 표정을 지었다. 뭐라 답해야 할지 모르겠다는 듯.

"정말 힘들었겠구나."

세베리아가 윈델의 뺨을 쓰다듬어 준다. 윈델은 갑자기 코끝이 아려지고, 눈물이 핑 돌 것 같았다. 이것 때문이었다. 이 순간을 되찾기 위해…….

윈델은 그 모든 시간을 견뎌온 거였다.

"미안해."

세베리아가 짤막히 말하며 자신의 이마를 윈델의 이마에 붙였다.

세베리아는 아직도 기억의 일부분이 혼란스러웠다. 흡사 인격이 둘로 나뉘었다가 다시 합쳐진 것 같은 기분이었다. 하지만 그것도 시간이 흐름에 따라 급격히 정리되어 갔다.

온전한 기억을 가지고 있는 지금, 자신의 기억을 더듬으며 세베리아는 온통 이해하기 어려운 것들과 마주하고 있었다.

한편 윈델은 그런 그녀의 곁에서 연신 싱글벙글했다. 잃어버렸던 '모든 것'을 단번에 되찾은 것이다. 기쁘다는 감정 이외에 어떠한 것도 머리에 떠오르지 않았다. 워낙 바보같이 웃는 통에 세베리아에게 몇 번이나 타박을 들었지만 그것조차도 기쁨으로 느껴졌다.

"그렇게 웃고 있지만 말고, 이제 어떻게 할 셈이야?"

세베리아는 윈델과 무릎을 맞대고 앉아 이렇게 물었다.

"뭐를?"

"저거 말이야."

꿰다놓은 보릿자루가 곁에 서 있었다. 윈델은 곁에 엠베르크가 있다는 것조차 잠시 잊고 있었다.

"아!"

"너, 도대체 케임델 성에서 왜 그런 거야? 굳이 그렇게 성을 다 때려부수고 사람을 죽일 건 없었잖아."

"그야… 반쯤은 될 대로 되라였지."

"넌 아무튼 극단적인 면이 좋지 않아. 평소에는 내 말만 듣는 듯 굴다가 가끔 폭주한다니까. 이래서 어렸을 때 자라는 환경이 중요하다는 거야."

세베리아의 일침에 윈델이 겸연쩍게 웃는다.

"그런 건 뭐, 이제 됐어. 그보다 이 세계가 어떻게 생겨먹었는지 알아볼 셈이야. 아무리 신이라 하더라도… 사람의 기억까지 바꾸어가면서 막으려 하는 엠베르크가 무언지도 궁금하고. 무엇보다 누군가 내 기억을, 그리고 다른 사람의 기억을 제멋대로 휘저을 수 있다는 게 기분 나빠. 그게 신이라 하더라도……. 그런 식으로 기억을 바꿔 버리면, 도대체 세계의 어느 것을 믿을 수 있겠어?"

세베리아도 윈델의 말에 동감을 표했다.

책을 얻었던 그날, 윈델이 한발 앞서고 자신이 뒤처졌다. 윈델과 자신 사이에 어떤 차이가 있는 게 아니라면 단지 그 순서의 앞뒤만으로 모든 일이 벌어진 것이다. 윈델이 자신을 잊고, 세상에 홀로 던져져 잊혀진 사람이 되었더라면… 어쩌면 윈델 이상으로 미쳐 날뛰었을지도 모른다.

그런 일이 다시 일어나서는 안 된다. 신의 말에는 따라야 했지만 신이 기억까지 멋대로 바꾸는 것은 순순히 따를 마음이 들지 않았다.

"그래서 어떻게 할 셈인데?"

"일단은, 약속을 지켜야지. 책을 넘겨줄게."

"정말 괜찮겠어?"

"괜찮아. 이제 세베리아가 나를 지켜주겠지. 안 그래?"

"네가 제강으로부터 나를 지켰듯?"

세베리아의 물음에 윈델이 웃었다.

"히히, 응. 그리고 다시 엔스헤드를 깨워서 이 세계의 비밀에 대해, 혹은 그 비밀을 알 수 있는 방법에 대해 물어볼 셈이야."

"그거 괜찮겠다. 엠베르크는 하나부터 열까지 비밀이라고만 답하니까."

세베리아는 이렇게 말하며 엠베르크를 흘끗 보았다. 하지만 그는 표정 하나 바뀌지 않았다.

"막지 않는 거야?"

윈델이 엠베르크에게 물었다.

"뭘 말입니까?"

"책을 넘겨주거나 엔스헤드에게 비밀을 묻거나."

"그런 것에 대해 저는 아무런 명령도 받은 바 없습니다."

무미한 엠베르크의 대답에 윈델은 어깨를 으쓱했다.

"그럼 우선 책을 넘겨줄게."

윈델의 말에 세베리아가 고개를 끄덕였다.

"그런데 어떻게 하는 건지 알아?"

"기억나지 않아? 예전 케임델 성에서 책 일곱 페이지가 세베리아에게 넘어갔잖아. 그런 식으로 다 넘겨주면 되잖아."

"아!"

세베리아는 이제야 기억이 났다는 듯 탄성을 냈다. 그녀가 손을 내밀었다.

"전부 다 넘겨주지는 마."

윈델이 손을 맞잡기 직전에 세베리아가 말했다.

"전부 다 넘겨주면 너는 평범한 인간으로 돌아가잖아. 내가 지금까지 살아남은 것도 따지고 보면 몇 페이지나마 책이 내 몸에 깃들었기 때문이잖아? 그걸 빼고는 나야 그저 평범한 검사에 불과하니……."

"평범하다니! 책을 빼고도 케임델에서 손꼽히는 기사였잖아, 세베리아는. 그리고 나는 일단 책이 아니게 되고 싶어. 그래야 다시 마법을 쓸 수 있으니까. 그동안 엠베르크에게 얼마간 검술도 배웠고, 얼마 전에는 조금이지만 릭트를 사용해 보기도 했고. 그런 것들을 마법과 접목할 생각이야."

"아! 하긴, 책이 된 후로 마법을 쓰지 못했지. 알았어, 편할 대로 해."

세베리아의 대답을 듣고, 윈델은 세베리아의 손을 맞잡았다.

윈델과 세베리아의 머릿속에 동시에 문구가 떠올랐다. 한 쪽은 페이지를 받아들이겠냐는 물음이, 그리고 다른 쪽은 페이지를 넘기겠냐는 내용이다.

한 페이지씩, 책의 내용이 윈델에게서 세베리아에게로 옮겨갔다. 문자의 뱀은 온화하게 세베리아의 몸 안에 깃들었다. 이전처럼 피부에 휘감겨 문신처럼 자국을 남기지도 않았다.

그만큼 시간은 더뎠다. 한 페이지를 옮기는 데 거의 일 분 가까이 걸렸다.

그렇게 하나씩 차례차례 넘기다 보니 벌써 반 시간 남짓 흘렀다. 이제는 윈델의 몸에 남은 페이지보다 넘어간 것이 더 많았다.

책의 내용을 잃어감에 따라 윈델의 머리칼에서 검은색이 줄어들기 시작했다. 이제는 흰 머리칼이 절반쯤 되어 회색 빛에 가까워졌다.

그때까지 잠자코 있던 엠베르크가 갑자기 자리에서 일어난 것이 바로 그때였다.

"기습입니다."

엠베르크가 검을 뽑아 윈델의 곁에 섰다. 그 순간 엔스헤드의 방 천장에 구멍이 뚫렸다.

"바움의 가지!"

검은 나무 덩굴은 창처럼 윈델과 세베리아가 있는 곳으로 덤벼들었고, 두 사람은 혼비백산 서로에게서 떨어졌다.

세베리아는 에우로파를 들어 올렸다. 온몸에서 넘치는 힘이 이전과는 비교조차 할 수 없었다. 몸 안에 깃든 페이지는 일흔 장을 넘어갔다. 이제 왼팔뿐 아니라 전신에서 초인적인 힘이 흘러나왔다.

에우로파를 오른손으로 움켜쥐었다. 오른팔 위로 문자의 뱀이 문신처럼 떠올랐다.

세베리아는 이 순간 릭트를 떠올렸다. 라티스에게 결정적인 열등감을 느끼게 해주었던 그 힘을.

구체적인 근거가 있는 것은 아니었지만 세베리아는 지금이라면 릭트의 힘을 구현시킬 수 있을 것 같았다. 온몸에 넘쳐흐르는 근원자의 힘이 느껴졌다. 윈델에게 오랫동안 마법을 배워 익히게 된 거라고는 그 힘을 조금 느끼는 정도였다. 하지만 지금은 마법의 힘이 차고 넘쳐 몸 밖에까지 흘렀다.

릭트의 운용법에 대해서는 완전히 외워 익혀놓았다. 세베리아는 몸 안 어디로부터인가 흘러나오는 릭트들을 가슴 한가운데로 모아 뭉쳤다.

윈델은 바움의 넝쿨이 모습을 드러낸 순간 그 앞을 가로막아 세베리아를 보호하며 한편으로는 왜 하필이면 지금이라는 질문을 마음속에 던졌다.

제강을 죽이고, 영면의 저주를 건 후로 바움 신의 개입은 완전히 멈췄다. 제강은 엠베르크의 슈탈리저 변형으로 제압했고, 영면의 저주는 별다른 효과 없이 엔스헤드의 치료로 사라졌다.

한마디로 바움은 지금까지 시종 무력한 모습으로 일관했다.

심지어는 저주를 치료하고, 기억을 되찾는 그 치료의 시간에조차 방관할 뿐이었다.

그런데 왜 책을 넘겨주는 지금 이 순간 방해를 하는 걸까?

생각은 길었지만, 결론을 내리는 것은 삽시간이었다.

바움의 가지가 뻗어 나오고, 엠베르크는 검을 세워 공격을 비켜냈다. 그리고 이 순간 윈델은 엠베르크가 낭패를 보는 모습을 처음으로 목격했다.

바움의 공격이 강력했던 것인지, 아니면 엠베르크의 힘이 줄어든 것인지 아직은 알 수 없었지만 바움의 단 일격에 엠베르크는 튕겨 나가 벽에 처박히고 말았다. 벽면이 깨어져 부서지고, 엠베르크의 몸은 벽 안에 완전히 꽂혀 버렸다.

"엠베르크!"

세베리아가 달려들어 넝쿨을 세로로 베었다. 그녀의 에우로파가 찬란한 빛을 내뿜었다. 릭트였다. 그녀의 공격에 바움의 넝쿨가지가 주춤 물러났다.

그사이 윈델이 엠베르크에게 다가가 그를 부축했다.

"어떻게 된 거야? 저 바움의 가지… 네 힘으로는 이길 수 없는 거야?"

윈델의 물음에 엠베르크가 고개를 끄덕였다.

"제 힘은 당신에게서 기인합니다. 책의 내용을 잃은 만큼 약해집니다."

그러고 보니, 책을 온전하게 가지고 있지 못하기 때문에 모든 능력을 발휘할 수 없다던 엠베르크의 이야기가 떠올랐다.

"책은 이제 내가 아니라 세베리아야! 빨리 페이지를 넘겨주도록 할게, 조금만 더 버텨줘!"

윈델은 이렇게 말하며 세베리아의 곁으로 다가갔다. 세베리아는 지금 바움의 가지와 치열한 접전을 벌이는 중이었다.

세베리아를 도와 윈델이 바움의 가지를 공격했다. 무식하게 주먹을 내지르고 가지를 잡아채 비틀려 했을 뿐이다. 하지만 그것만으로도 바움의 가지는 주춤 물러서고 말았다. 책의 주인, 그 힘을 알아본 것이다.

가지가 잠시 물러난 사이 윈델이 세베리아의 팔을 잡았다. 아까보다는 좀 더 빠르게, 몇 페이지나마 책장을 옮겼다. 하지만 급하게 옮긴 탓인지 세베리아의 몸에 몇 줄 글자가 남았다.

윈델과 세베리아의 공격이 주춤하자 가지가 다시 공격해왔다. 다시 천장 한 귀퉁이에 구멍이 뚫리고 또 하나의 가지가 모습을 드러냈다.

엠베르크가 몸을 던져 새로 등장한 바움의 가지를 막았다. 하지만 아까보다 한층 더 그의 힘은 줄어들어 있었다. 윈델은 이상하게 생각됐다. 이제 세베리아가 가지고 있는 책은 90페이지에 육박했다. 엠베르크의 힘이 거의 정상으로 돌아왔어야 정상이다.

"엠베르크! 세베리아의 몸에 더 많은 페이지가 넘어갔는데……."

"책은 당신입니다."

윈델의 말에 엠베르크가 짤막히 답했다. 아직 '책'은 세베리아에게로 넘어가지 않은 모양이었다.

"어떻게 하면 책 그 자체를 옮길 수 있는 거야?!"

엠베르크에게 외쳐 물었다. 대답을 듣기도 전에 엠베르크는 바움 가지에 치여 다시 벽 속에 처박혔다.

그때, 엠베르크와 윈델 사이의 바닥을 뚫고 또다시 한 줄기

나무 덩굴이 솟아올랐다. 수십 갈래로 나뉜 가지는 한데 뒤엉키더니 사람의 모습으로 변했다.

"소용없어."

어린아이인지 어른인지, 심지어는 성별까지 모호한 사람의 형태를 가진 것이 윈델에게 말했다.

상대는 바움 신의 현신이었다.

"이제 엠베르크의 도움은 받지 못할 거야."

바움 신의 말이 끝남과 동시에 엄청난 양의 나뭇가지들이 사방 벽으로부터 솟아나왔다. 하나하나는 세베리아의 에우로파에도 잘릴 정도로 연약했지만 그것이 수십 갈래나 꼬이다 보니 윈델과 세베리아의 힘으로는 속수무책이었다.

나뭇가지들은 엠베르크가 묻힌 벽으로 파고들어 더욱 커다란 덩어리로 성장했다. 종 모양의 탑으로 성장해 엠베르크를 완전히 삼켜 버렸다.

바움이 웃었다. 맑기 그지없는 소녀의 웃음소리였다. 윈델은 엠베르크가 사라져 가는 모습을 손 놓고 바라보았다. 세베리아가 휘두르는 에우로파의 예기도 한풀 꺾였다.

엠베르크가 다시 봉인된 것이다. 윈델은 처음 엠베르크를 깨웠을 때를 떠올리며 외쳤다.

"엠베르크! 깨어나!"

하지만 책의 힘은 온전하지 못했다. 엠베르크를 봉인한 바움의 뿌리를 깨뜨리기는커녕, 잔가지 하나를 상대하는 것도 벅찼다.

세베리아가 윈델을 대신해 엠베르크를 감싼 뿌리를 공격했다. 릭트를 덧씌운 에우로파는 그야말로 파죽지세로 나무들을 베어갔다. 하지만 그보다 더 빠른 속도로 엠베르크를 감싼 뿌리가 멀어져 갔다.

"소용없다니까. 이제 엠베르크는 다시 내 손아귀에 들어왔어. 나를 파괴하려던 너희의 계획은 다시 한 번 실패한 거야."

바움 신이 빙긋 웃는다. 윈델이 바움 신에게 한 걸음 다가서 말했다.

"저희는 바움 신을 파괴하려 한 적이 없습니다."

"거짓말. 그렇지 않다면 어째서 내가 책을 포기하라고 했을 때 듣지 않은 거야?"

윈델이 다시 바움 신에게 다가갔다.

"전 단지 진실이 알고 싶을 뿐입니다. 엠베르크는 무엇입니까? 책의 힘이라는 건… 어째서 바움 신께서는 모두의 기억에서 절 지운 것입니까?"

"대답해 줄 수 없어."

짤막한 신의 대답에 윈델은 그 자리에 멈춰 섰다. 몸 안에 흐르는 문자의 힘은 터무니없이 줄어들었다. 이 짧은 접전으로 상처 입고 찢겨 나간 피부가 여전히 피를 흘리고 있다. 회복 속도가 한없이 더뎠다.

세베리아를 돌아보았다. 예전 재앙신이었던 자신에 비해 결코 부족하지 않은 힘을 가지고 있었다. 에우로파와 릭트, 그리고 평생 닦아온 검술까지. 분명 세베리아는 과거의 자신보다 강력한 전사다. 하지만······.

엠베르크 없이 신에게 대적하는 것은 터무니없는 자만이다.

"이때를 기다리신 겁니까?"

윈델이 물었다.

"무슨 말이지?"

"책을 넘겨주는 이때를 기다리고 있던 것입니까? 제 몸에서 책의 내용이 빠져나가면 엠베르크의 힘이 약해질 테니······."

"아아, 맞아. 처음에는 영면의 저주로 너희를 영원한 잠에 빠뜨리려고 했는데, 시간도 오래 걸리고 또 엠베르크가 자유롭게 돌아다니고 있는 게 마음에 걸렸으니까."

바움 신은 이렇게 말하며 뚜벅뚜벅 걸음을 옮겼다. 목적없이 그저 주변을 맴돌 뿐인 걸음이다.

그러던 그가 세베리아를 보며 멈춰 섰다.

"그리고 이제 또 하나의 위협만 없애면 돼. 책, 그 자체를 없애 버리면, 사람들의 손에 닿지 않는 곳으로 날려 버리면 이제 더 이상 엠베르크 따위 두려워하지 않아도 돼."

윈델은 바움의 말에 깜짝 놀랐다. 지금 책의 대부분을 가지고 있는 것은 세베리아였다.

"세베리아, 피해!"

윈델이 세베리아에게 몸을 날렸다. 바움 신의 팔이 그녀의 심장을 꿰뚫으려 하는 찰나 간신히 그 앞을 가로막았다.

바움 신의 날카롭게 벼려진 줄기 손이 슬로 모션처럼 자신의 몸으로 다가왔다. 윈델은 눈을 질끈 감았다.

죽는 건가?

불괴의 힘을 잃은 지금 바움 신의 일격을 얻어맞는다면⋯⋯.

하지만 바움 신의 공격은 윈델의 몸에 닿지 않았다. 애초에 바움 신이 노린 것은 세베리아가 아니었다. 바움의 넝쿨손이 윈델의 몸을 감쌌다.

"윈델!"

세베리아가 깜짝 놀라며 에우로파를 휘둘렀다. 바움 신에게 붙잡힌 윈델을 구하기 위해서였다. 그 순간, 세베리아가 서 있던 바닥이 진흙처럼 물컹거리더니 그녀의 몸을 집어삼켰다.

세베리아가 바닥으로 잠기는 모습에 윈델이 그녀의 이름

을 외쳐 불렀다. 하지만 세베리아는 그녀의 무기, 에우로파와 더불어 순식간에 모습을 감추었다.

윈델은 자신의 몸을 둘러싸고 있는 바움의 넝쿨을 움켜쥐었다. 잡아뜯으려 용을 써봤지만 옴짝달싹하지 않았다.

"세베리아!"

윈델은 그녀의 이름을 외쳐 불렀다. 돌아오는 것은 공허하기 짝이 없는 메아리뿐이었다.

4

전설의 치료사 엔스헤드. 그가 깃들어 있던 회색 빛 방은 지금 바움과의 싸움으로 처절하게 파괴되었다. 한 면 가득 차 있던 유리질의 벽은 세 갈래로 금 가 깨졌다.

윈델은 바움 신의 넝쿨에 갇힌 채 철저한 무기력감을 맛봐야 했다. 엠베르크가 몇 번이나 경고했었다. 이곳은 바움 신의 영역이라고. 신의 뜻을 어기겠다는 마음을 먹은 순간 신과 싸울 각오를 하고 그만한 준비를 했어야 했는데…….

세베리아의 기억을 되찾은 기쁨에 경계심을 완전히 잃어버렸다. 어차피 그녀가 기억을 되찾은 이상 앞일은 천천히 진행해도 됐을 텐데.

괴로움에 찡그린 윈델의 얼굴을 바움이 재미있다는 듯 지켜봤다. 윈델에게 그런 바움의 모습은 조롱 그 이상도 이하도 아니었다.

"뭐가 재미있다는 것입니까?"

그 웃음에 윈델이 화를 냈다.

"재미? 내가 그런 감정을 느끼고 있다고?"

바움의 모습은 조금씩이지만 끊임없이 흔들리고 있었다. 나무줄기가 얽히고설켜 만들어낸 모습이었기에 인간과는 느낌이 달랐다. 하지만 그 표정만큼은 확실하게 감정을 자아냈다.

"인간들을 위해 자애로운 품을 내어준 것이 바로 당신 아닙니까?"

"그런 나를 파괴하기 위해 엠베르크를 깨운 것은 바로 너야."

바움의 대답에 윈델이 강변했다.

"전 당신을 다치게 할 생각이 없습니다!"

"그렇다면 책을 포기해."

"책을 이용하지 않겠다고 약속드리겠습니다."

"약속?"

바움의 입술이 일그러졌다. 윈델은 신의 얼굴에서 이 감정을 읽을 수 있으리라고는 상상조차 하지 못했다. 바움 신은 윈델의 말을 불신하고 있었다.

믿지 못한다는 것은 속은 적이 있었다는 반증이다. 신이 누군가에 속았다!

물론 어느 신화에 보면 신들끼리도 속이고 속고, 질시하며 감정을 드러내기도 한다. 하지만 세계를 뒤덮고 있는 세계수, 바움에게 불신만큼 어울리지 않는 감정이 또 어디 있을까?

그저 서 있으며, 공기를 정화하고 물을 만들어 가지 아래 살아 있는 모든 것을 기르는, 어머니 나무가!

"이런 말이 있지. 약속은 깨기 위한 것. 법은 어기기 위한 것."

"엠베르크 따위가 감히 당신을 다치게 할 수 있다는 것입니까?"

바움은 물끄러미 윈델을 보았다. 지금의 바움에게서는 감정을 느낄 수 없었다. 나무, 그 자체가 되어 윈델을 바라보고만 있었다.

"전 단지… 사람들의, 아니, 세베리아의 기억이 바뀌어 나를 알아보지 못하는, 그런 일을 두 번 다시 겪고 싶지 않을 뿐입니다."

"그런 일은 없을 것이다."

"……"

"이건 나의 약속이다. 너는 이 말을 믿고 책을 포기할 수

이별 95

있겠느냐?"

윈델은 뒤통수를 맞은 느낌이었다. 자신이 바움 신에게 지금까지 이야기했던 것의 정반대 이야기였다.

윈델은 답할 수 없었다. 신앙심. 깊지도 않았지만 신을 부정한 적은 없었다. 하지만 그렇게 이야기할 수 있는 것은 시험당하지 않았기 때문이었다.

사람 사이의 신뢰감도 그렇다. 서로 같은 목적을 가지고, 별다른 충돌 없이 함께할 때라면 누구나 의리를 지킨다. 상대의 말을 별다른 의심 없이 받아들이고, 부정하지 않는다.

하지만 서로의 이익이 상충할 때 백지장 같던 신뢰는 시험당하게 마련이다.

"저는······."

바움은 조용히 윈델의 대답을 기다렸다. 하지만 윈델은 바움의 물음에 답을 낼 수 없었다.

그리고 바움이 다시 말했다.

"너 같은 사람이 또 있었다. 이전에 책을 얻었던 자들도, 그전에 얻은 자도… 그들에게도 모두에게 잊혀지는 형벌을 내렸다. 인간은 혼자가 되었을 때 가장 약해지게 마련이니까. 철인(哲人)조차도 홀로 남은 외로움은 견디지 못하는 법."

"책이 되었던 사람이 또 있었다고요?"

의외의 이야기였다. 하지만 어쩌면 그쪽이 더 자연스러운지도 몰랐다. 바움이 이 땅에 생겨난 지 수만 년. 엠베르크도 한두 살 먹은 어린아이는 아닐 것이다.

윈델의 말을 무시하며 바움이 입을 열었다.

"네가 지금 품은 것은 작은 호기심에 불과하다. '신의 세계에 대해 알고 싶다', '신은 왜 그렇게 행동할까?' 인간이라면 그러한 감정을 갖는 것이 당연하다. 하나, 그것이 불경하다는 것을 다시 설명할 필요가 있느냐?'

다시 꿀 먹은 벙어리가 된 윈델. 바움은 더욱 위압적인 목소리로 윈델에게 말했다.

"포기하거라. 네 자신이 '책'임을 포기한다고 한마디 말만 하면 된다. 나는 너와 한 약속을 지키겠다. 너와 네 주변의 사람들에게 더 이상 관여하지 않을 것이라는."

목덜미에 식은땀이 흐른다. 윈델은 바움의 준엄한 목소리에 점점 기가 꺾이는 것을 느꼈다. 무엇보다 그가 옳다고 생각되기 시작했다.

"거절한다면 나는 지금 다시 홀씨를 흩뿌릴 것이다. 이번에는 네가 아니라 너보다 월등히 많은 페이지를 가지고 있는, 그녀를 이 세상 사람 모두가 잊도록. 영웅의 칭호, 영광되었던 그 순간들이 모두 무로 돌아가고 세상 사람들은 단지 그녀를 파괴자로서만 기억하게 될 것이다."

"그건……!"

"할 수 없을 것 같은가? 아니, 나는 할 수 있다. 너를 이 가지 안에 가두어 어느 누구도 닿을 수 없는, 나의 가지 가장 높은 곳에 가두어두는 것도 가능하다. 책이 된 너는 그곳에서 죽지 않는 시간을 영원히 보내게 될 것이다."

세베리아를 만날 수 없는 세계.

윈델은 그것을 상상하는 순간 온몸이 오한으로 떨렸다. 회유, 그리고 협박. 전지자 앞에서 윈델은 발가벗겨지는 기분이었다. 어떻게 더 항거할 수 있을까? 무엇을 더 항변할 수 있을까?

"전……."

문득 눈을 돌려 엠베르크가 갇힌 종탑 모양의 뿌리를 보았다. 아마도 엠베르크는 이곳에 저렇게 영영 갇히겠지? 어쩌면 다시 책이 세상에 나타날지도 모른다. 책은 자신의 이전에도 있었던 것 같으니까.

그 책을 손에 넣은 사람이 또 한 번 엠베르크를 깨우고…….

얼마나 오랜 세월 동안 이러한 일이 일어났을까? 아니, 그렇지만.

"이전에 책을 얻었던 사람은… 책이 되었던 자는 책을 포기했습니까?"

윈델이 묻자 바움은 곧바로 답해주었다.

"물론이다. 그는 인간으로서 지금도 나의 가지 아래에서 살아가고 있다. 지금의 삶에 그는 분명 만족하고 있을 것이다. 너도 앞으로 그렇게 될 것이고."

아직 살아 있다는 말에 윈델은 적지 않게 놀랐다. 이전의 '책'이 동시대의 사람이라니.

갑자기 이상하다는 생각이 들었다. 바움은 같은 방법으로 전대의 '책'을 인간으로 되돌렸을 것이다. 신탁 역시 내렸을 것이고.

불과 수십 년 전의 일이라면 신탁에 대해 기억하고 있는 사람이 분명 있었을 텐데, 어째서 어느 누구도 그 일을 알지 못하는 걸까?

바움을 다시 바라보았다. 신의 명령, 그 너머에 있는 것은 무얼까? 신이 눈앞에서 인간의 모습으로 화하여 호령하고 있지만 윈델은 그가 무섭지 않았다. 그의 권능은 두려웠지만, 신의 모습에 경외심은 들지 않았다.

윈델은 그 이유를 알 것 같았다.

엠베르크를 다시 봉인하고, 책의 페이지 대부분을 세베리아에게 넘겨 불사신의 몸마저 잃었다. 그저 빈 페이지뿐일 책에게 신은 설득과 겁 주기를 반복하고 있다.

바움 신은······.

─나를 두려워하고 있다.

그 점을 깨달은 순간 윈델은 바움 신의 말을 따를 이유를 잃었다.

"거절하겠습니다."

"…뭐라고?!"

"전 '책'임을 포기하지 않을 것입니다. 운터바움의 진짜 모습을 알게 될 때까지 저는 책으로 살아갈 것입니다."

바움 신이 불같이 화를 냈다.

"네가 지금 하고 있는 이야기를 제대로 이해하고 있는 것이냐?!"

"물론입니다."

"세베리아라는 여자가 세계로부터 잊혀진다 해도 상관없는가?"

윈델이 웃었다.

"제가 기억하고 있다면 상관없습니다. 그리고 저는 잊지 않을 것입니다."

"너를 이대로 가지의 감옥에 가두어 가지 가장 높은 곳에 묶어둘 것이다."

"그건… 싫습니다만. 언젠가는 세베리아가 구하러 올 것이라고 믿습니다."

윈델의 대답을 듣자마자 바움이 냉소를 터뜨렸다.

"하핫, 그게 가능한지 한번 두고 보겠다. 좋아, 내 말을 듣지 않은 것을 후회하게 해주겠어. 공기조차 희박한 그곳에 갇혀 지내봐라. 1년, 아니, 한 달만 지나더라도 너는 분명 내게 울며 빌 것이다!'

인간의 형체를 이루었던 바움의 가지가 다시 줄기뭉치로 돌아가더니 벽 틈으로 모습을 감추었다. 그 순간, 윈델의 몸이 가지 감옥에 갇힌 채 하늘 높은 곳으로 날아 올라갔다.

조금 전까지 엔스헤드를 찾기 위해 헤맸던 숲이 순식간에 쪼그라들어 점으로 사라지고, 바움의 어마어마한 둥치 곁을 따라 한없이 하늘로 솟구쳤다.

산맥이, 강이, 들판과 숲이 작아진다. 바위는 점이 되고, 숲은 손바닥만 하다. 인간의 흔적인 듯한 도시, 성채 따위가 한 줌 안으로 들어왔다.

갑작스럽게 높아져 가는 통에 윈델은 귀가 먹먹했다. 하지만 눈앞의 풍경에 정신을 빼앗겨 귀의 통증 따위에는 신경을 쓰지 못했다.

저 산맥이, 구불거리며 방사선으로 뻗어나간 모습이 일부나마 보였다. 바움의 몸통으로부터 갈라져 나간 뿌리들이다. 바움 발치의 모습이 점점 선명하게 나무의 모습으로 변해간다. 가까운 곳에서는 그저 거대한 벽이고, 숲이었지만 먼 곳에서 보니 한 그루의 나무임이 확실했다.

갑자기 시야를 무언가가 확 가리운다.

윈델은 깜짝 놀라 얼굴을 손으로 가렸다. 파시싯— 하는 소리와 함께 자그마한 잎들이 온몸을 때렸다. 바움의 잔가지, 그리고 거기에 달려 있는 수만 장의 잎이 윈델의 몸을 회초리 치듯 한다.

어느덧 줄기를 지나 윗가지에 접어든 것이다. 공기가 점차 희박해진다. 힘껏 숨을 들이쉬어 보았지만 폐가 조금 갑갑했다.

그러기를 얼마나 지났을까? 아까와는 달리 빽빽하게 자란 나뭇잎과 가지들 때문에 시계는 0에 가까웠다. 그저 짙은 녹색의 잎에 여기저기 얻어터지며 더더욱 높은 곳으로 날아오를 뿐이었다.

그리고 그다음 순간.

윈델은 자신도 모르게 탄성을 냈다. 주위를 감싸고 있는 바움의 감옥, 창살을 두 손으로 움켜쥐며 윈델은 한없이 먼 곳으로 시선을 던졌다.

"여기가 바움 위의 세계!"

녹색의 구름 바다가 가없이 펼쳐지고, 그 너머 둥글고 푸르스름한 하늘이 시야를 뒤덮었다. 청명하기가 이를 데 없는 푸른 하늘은 높은 곳으로 갈수록 점점 옅어져 엷은 보라색으로 흩어져 버린다.

하늘을 누르고 있는 것은 또 하나의 검은 하늘이었다. 만곡을 그리며 경계 진 푸른 하늘과 검은 하늘은 서로의 색에 물들어 경계가 한없이 희미했지만, 서로 다른 세계임이 틀림없었다.

윈델은 눈앞의 광경을 한 장면도 놓치지 않고 기억에 담았다. 그 위대하던 탐험가이자 운터바움이 나무 아래의 세계임을 발견한 아서 크레들조차 바움 위의 세계는 본 적이 없을 것이다.

윈델을 하늘로 실어 나르던 가지 창살이 갑자기 방향을 튼 것이 바로 그때였다. 한없이 오르기만 하다가 이번에는 아래로 내팽개쳐 버린다. 가지 창살은 바움의 녹색 잎 한 언저리에 쿵 하고 안착했다.

"여기에 나를 가두겠다는 건가 보네……."

윈델은 이렇게 중얼거리며 위쪽을 바라보았다. 밤하늘 같은 검은 하늘이 시야에 가득 들어온다. 그리고 태양이 보였다.

하늘에 그만큼 가까워져서일까? 태양은 평소의 두 배가량 크게 보였다.

"달은 어디 있을까?"

윈델은 처해진 상황보다 눈앞에 새로 펼쳐진 처음 보는 세계의 모습에 신경이 쓰였다. 이만큼 올라왔다면 태양뿐 아니라 달도 보일 법한데.

마침 태양이 보라색으로 변해갔다. 해가 질 때가 다 된 것이다. 곧 달이 떠오르고…….

윈델의 귀에 그르륵— 하는 금속이 긁히는 소리가 들린 것이 바로 그때였다. 굉장히 먼 곳에서 메아리처럼 울려오는 소리였다. 소리가 너무 퍼진 탓에 어느 곳으로부터 들려오는지조차 알 수 없었다.

태양이 보라색으로 점차 옅어져 가고, 이윽고 보이지 않게 되었다. 가까운 곳에서 보니 사라진다기보다는 뭔가에 가려지는 것 같은 느낌도 들었다. 바움과 하늘 그 사이에 어떤 막이라도 있는 것처럼.

그 순간, 윈델은 쿵 하는 충격에 온몸이 휘청거렸다. 바움 신이 공격이라도 한 것인가 하는 생각에 주위를 둘러보았지만, 어떠한 것도 보이지 않았다.

몸을 굽히지 않으려 버텨보았다. 하지만 소용없는 일이었다. 심지어는 몸을 둘러싸고 있던 바움의 가지조차 으깨져 흩어져 버렸다.

갑자기 바움 신의 몸에서 수십 갈래의 가지들이 쏟아져 나온 것이 바로 이때였다. 윈델을 움켜쥐려 가지들은 채찍으로 변해 휘감아왔다.

하지만 윈델의 몸 주위에는 보이지 않는 막이 둘러쳐져 있었다. 십여 미터쯤 떨어진 곳에서 바움의 가지 채찍이 똬리를 틀고 멈추었다.

윈델은 몸에 가해진 압력에 정신을 잃었고, 그대로 천천히 더욱 높은 곳으로 떠올라 갔다.

Chapter 21
관리자 미르쥬크

Unterbaum
운터바움

1

"윈델, 윈델 퀴렌스!"

누군가 이름을 부른다. 그 소리에 윈델은 천천히 잠에서 깨어났다.

"윈델, 정신이 드는가?"

조금 전 일어났던 일이 생각났다. 뭔가가 끼어들었던 건가? 바움의 나뭇가지 감옥에서 빠져나와 어디론가 끌려갔는데……

윈델은 몸을 벌떡 일으켰다. 머리가 지끈 아파온다. 손을 관자놀이로 가져갔다.

"진정하게. 아직 움직이는 건 무리일 테니. 엔스헤드, 그의 상태를 살펴봐 주게."

"알겠습니다."

윈델은 깜짝 놀라 자신에게 다가오는 사람을 보았다. 조금 전 철저하게 파괴된 방에 머물던 전설의 치료사, 엔스헤드 본인이 틀림없었다.

윈델의 시선은 엔스헤드에게서 명령을 내린 자에게로 옮아갔다. 조금 떨어진 곳, 공중에 떠 있는 의자 같은 것에 한 남자가 앉아 있는 모습이 보였다. 나이는 사십대 중반쯤 되었을까? 머리카락에서 눈썹까지 한 올도 남아 있지 않은 그는 병색이 완연해 초췌했다.

입고 있는 옷도 특이했다. 몸에 딱 맞게 만들어진 은색과 청색이 뒤섞인 바지와 웃옷은 윈델이 지금까지 보아왔던 어떤 재질의 천과도 느낌이 달랐다.

윈델과 눈이 마주치자 남자는 흐릿한 미소를 지었다. 친근감? 그것과는 조금 거리가 있는 인사의 미소 같았다.

"바움의 감옥에서 저를 탈출시킨 것이 당신입니까?"

윈델이 곧바로 물었다.

"그렇네."

"당신은… 도대체 누구십니까?"

그 사이 엔스헤드가 윈델의 상태를 살폈다. 엠베르크에게

조차 꼬장꼬장하게 굴었던 노인, 엔스헤드가 저 남자에게만큼은 공손하기가 이를 데 없다. 윈델은 그것만으로도 상대의 정체가 범상치 않게 느껴졌다.

"나는 미르쥬크일세."

그가 부유 의자의 팔걸이 부분을 어루만졌다. 의자가 떠오른 채 윈델 곁으로 다가온다.

윈델은 놀랍다는 듯 입을 헤벌리며 그 모습을 보았다. 그리고 그의 주변, 방 안 전체를 눈 안에 담았다. 격자가 가득 천장까지 이른 하나의 커다란 서가. 이 방은 그 자체가 책꽂이였다. 높이가 수십, 수백 미터는 족히 될 듯 거대한.

미르쥬크는 윈델이 누워 있는 침대맡까지 접근해 왔다. 윈델이 다시 물었다.

"당신이… 엠베르크를 만든 사람입니까?"

그렇게밖에는 생각이 들지 않았다. 이 사람이야말로 바움의 가장 큰 적. 세계를 파괴하려는 악한 신이다!

윈델의 물음에 미르쥬크는 곧바로 고개를 저었다.

"엠베르크를 설계한 것은 내가 아닐세. 나는 제작자가 아니라 관리자이니까."

"관리자……. 엠베르크를 운터바움에 보내 바움을 파괴하라고 명령 내린 사람이 당신임은 틀림없군요!"

이번에는 선선히 긍정의 고갯짓을 했다. 미르쥬크의 대답에 윈델은 뒤통수가 떵하고 아려왔다.

"당신이……."

눈앞의 이 사람이, 그가 이 세계를 파괴하려는 장본인이다!

"어째서입니까?! 운터바움에는 수천만의 생명이 살아가고 있습니다! 바움을 파괴한다면 그들은 모두 죽고 맙니다."

윈델의 물음에 미르쥬크는 눈만 몇 번 꿈벅일 뿐이었다.

"대답해 보십시오! 그들이 죽는다 하더라도 상관없다는 말입니까?!"

곤란하다는 표정으로 미르쥬크가 잠시 시간을 끌다가 이윽고 입을 열었다.

"나는 자네들이 현명할 것이라 믿고 있으니까."

동문서답이다. 윈델은 무슨 뜻이냐는 듯 미르쥬크를 바라보았다. 하지만 미르쥬크는 더 이상 질문에는 답하지 않았다.

"이곳에 좀 더 머물러 있게. 원하는 답은 모두 이 안에 있으니까."

미르쥬크의 손이 가리킨 것은 수만, 수십만 권의 장서로 장식되어 있는 책꽂이였다.

그사이 윈델의 상태를 모두 살핀 엔스헤드가 미르쥬크 곁으로 다가와 머리를 조아렸다.

"그의 몸은 거의 정상을 되찾았습니다."

"수고했네."

짤막히 답하고, 미르쥬크는 다시 윈델에게 이렇게 말했다.

"부디 원하는 것을 얻길 바라네. 이곳은 오즈의 성이고, 알렉산드리아의 도서관이니까."

무슨 말을 하냐고 묻는 윈델의 눈빛을 뒤로하고 미르쥬크는 그의 날아다니는 의자와 함께 책의 방을 빠져나갔다.

세베리아는 끊임없이 빠져드는 수렁 안에서 발버둥을 쳤다. 하지만 움직이면 움직일수록 그녀의 몸은 더 깊은 곳으로 가라앉았다.

이윽고 머리끝까지 땅에 가라앉고, 그 직후 그녀는 좁은 터널을 통해 끊임없이 미끄러져 내리기 시작했다.

이런 상황에서 믿을 수 있는 건 에우로파뿐. 세베리아는 검 자루를 꼭 움켜쥐고 될 수 있는 한 균형을 유지하려 노력했다.

그러기를 얼마가 흘렀을까? 세베리아는 갑자기 환한 빛 속으로 내던져졌다. 몸이 공중에서 제멋대로 회전하는 것이 느껴진다. 위와 아래를 느끼고, 육체를 자신의 힘으로 제어했다. 핑핑 돌던 감각이 올바로 돌아올 무렵, 세베리아는 두 다리로 바닥을 디딜 수 있었다.

긴 경사면을 따라 세베리아가 미끄럼을 타고 내려왔다. 어느 정도 속도가 줄어들 무렵 에우로파를 땅에 꽂아 몸을 멈추었다.

세베리아는 주위를 살펴보았다. 온통 우거진 원시림이었다. 발목까지 빠져드는 맑은 물이 흐르고 있는, 이곳은 다름 아닌 엔스헤드의 숲이었다.

"어떻게 다시……."

원점으로 돌아온 것이다. 들어갈 때는 윈넬, 엠베르크와 함께였지만 지금은 혼자인 채로.

숲 안은 희뿌연 연기로 가득 찼다. 안개라도 피어오른 듯 보였다. 하지만 보통의 안개와는 확연히 달랐다.

안개는 세베리아 근처로는 접근해 오지 않았다. 세베리아가 걸음을 옮길 때마다 안개도 그녀 곁에서 멀어져 갔다.

자세히 보니 그건 물방울로 이뤄진 안개가 아닌, 식물의 홀씨였다. 새끼 손톱보다도 작은 하얀 솜털이 무수하게 대기를 채우고 있었다.

"바움의 홀씨……."

세베리아는 엔스헤드에게 들었던 이야기가 떠올랐다. 자신의 기억을 잃게 만들었던 그 바움의 홀씨가 다시 온 세상을 덮은 것이다.

"또 세상 사람들의 기억을 바꿀 생각일까?"

혼잣말을 중얼거리고, 세베리아는 에우로파에 기대어 잠시 숨을 골랐다. 너무나 갑작스러운 일들이 연거푸 일어나는 통에 정신이 없었다. 시간이 조금 필요했다.

"윈델……."

간신히 되찾은, 가장 소중한 사람을 바움에게 빼앗겼다. 하지만 어디서부터 이 문제에 접근해야 하는지 단서조차 없었다.

너비가 수백 킬로미터에 이르는 바움의 몸 어디에 윈델이 있는지, 그걸 찾는 것부터가 난망했다.

세베리아는 자신의 몸을 살펴보았다. 문자의 뱀이 휘감은 왼팔은 여전했다. 하지만 다른 곳에 깃든 문자들은 피부 안으로 모습을 감추고 있었다. 그러다 문득 시야에 검게 변한 머리칼이 들어왔다.

"아! 그러고 보니 윈델도 머리가 검게 변했었지."

기억을 잃어버렸을 때의 기억들이 완전히 자리를 잡았다. 그때를 떠올릴 때마다 세베리아는 윈델에게 미안하다는 생각만 들었다. 가슴이 욱신거리면서도, 부끄러워 얼굴이 화끈거린다.

"맞아! 엠베르크!"

세베리아는 파괴자를 떠올렸다. 그를 깨운다면 승산이 있다. 이제 몸 안에 쌓인 책의 페이지는 90쪽 이상이었다. 책임을 인정받고, 엠베르크를 조종할 수 있다면 바움 신에게서 윈델을 되찾는 것이 꼭 불가능한 일은 아닐 듯싶었다.

문제는 엠베르크가 지금 어디에 있냐는 것이다.

세베리아는 다시 엔스헤드가 있던 곳으로 걸음을 옮겼다. 엠베르크가 바움에게 붙잡혔던 바로 그 장소로.

2

세베리아는 열흘 가까운 시간 동안 엔스헤드의 숲을 헤맸다. 하지만 그렇게 오랜 시간을 허비하고도 원하는 것을 얻을 수 없었다. 아무리 영면의 저주에 걸려 잠들었던 시간이 길었다고는 하지만 전에 지났던 길 비슷한 곳조차 만나지 못했다.

더욱 이상한 것은 헤맨 끝에 당도하는 곳이 늘 처음 그 장소라는 점이었다.

세베리아는 열하루째 되는 날 숲의 탐사를 포기했다. 식량이 떨어져 더는 버틸 수가 없었다.

걸음을 반대로 돌리자, 숲은 세베리아에게 올바른 길을 가르쳐 주었다. 열흘을 헤맬 때는 한 번도 만난 적 없는 소담스런 오솔길이 세베리아를 맞이했다.

'마법에 걸린 숲이구나.'

세베리아는 그 오랜 세월 동안 엔스헤드를 만난 사람이 몇 사람뿐인 이유를 알 것 같았다. 숲의 인도를 따라 몇 시간 걷지 않아 세베리아는 숲의 입구, 술집이 있던 곳으로 되돌아올

수 있었다.

실로 오래간만에 만나는 인기척이었다. 하지만 세베리아를 맞이한 것은 온화한 등불도, 친근한 인사말도 아니었다.

"신탁은 옳았다! 저 악마를 이곳에서 죽여라!"

"케임델의 재앙신! 파괴자 엠베르크를 부활시키려는 악마 세베리아가 저곳에 있다!"

"바움 신이시여, 우리에게 힘을 주소서!"

한 무리의 기사, 병사, 성기사들이 세베리아에게 날카로운 무기를 뽑아 들었다.

에우로파로 화살을 막아내며 세베리아는 쓴웃음을 지었다.

이제 잊혀진 것은 다름 아닌 자신인 모양이다. 윈델도 처음 이런 기분이 들었을 것이다.

'아, 설마 윈델도 나를 잊은 것은……'

세베리아는 떠오르는 생각을 도리질쳐 잊으며 사람들 사이를 정면으로 뚫고 지났다.

아흔두 페이지의 책, 최근 깨달은 빛의 검 릭트, 그리고 왕국의 비보 에우로파. 이 셋으로 보호받고 있는 세베리아의 검은 무적이었다.

방약무인으로 사람들 사이를 뚫고 세베리아는 포위망 저 편까지 한걸음에 도망쳤다.

세베리아는 지금 이 상황에 문득 그런 생각이 들었다.

'벌받은 거야. 어떻게 윈델을 잊을 수 있었던 걸까? 그렇게 약속했으면서.'

그때, 윈델은 책의 방에 머무르고 있었다. 시간 가는 줄 모르고 책에 파고들었다.

도서관이라고는 하지만 그저 책이 꽂혀 있는 그런 장소는 아니었다. 서가 자체가 마법에 걸린 듯, 윈델은 중앙의 책상 앞에서 원하는 책을 떠올리기만 하면 됐다.

처음 책을 펼쳤을 때 윈델은 적지 않게 당황했다. 그 안에 적혀 있는 문자들은 생소하기 이를 데 없는 에르시안어였다.

하지만 훨씬 황당한 일이 그다음에 일어났다. 윈델은 그 글자들을 읽을 수 있었다. 비단 읽는 정도가 아니라 전부 이해됐다.

이상하다는 생각이 들었지만 요즘 일어나는 일들 어느 하나 이상하지 않은 게 없어 더 놀랍지도 않았다.

처음 잡은 책, 그 첫줄에 윈델은 넋을 잃었다.

그 책의 제목은 상당히 길었다.

극소소자이론을 통한 독립이상생태계에 관하여.

윈델이 그토록 알고자 하는 바움의 정체에 대한 책이었던 것이다.

열흘에 걸쳐 20여 권의 책을 읽은 윈델은 처음으로 허기를 느꼈다. 그동안 어느 누구도 윈델을 방해하지 않았다.

책을 내려놓고 윈델은 의자에서 일어났다. 서재 한쪽에 있는 문 가까이 걸음을 옮겼다.

문은 금속재질이었다. 이음매조차 잘 보이지 않아 어떻게 열어야 하는지 감이 잡히지 않았다. 문고리는커녕 열쇠 구멍조차 없다.

"마법의 주문 같은 게 있나?"

이렇게 중얼거리며 윈델은 철문 앞에 섰다.

"열려라 참……."

하지만 철문은 윈델이 주문을 채 외우기도 전에 스르륵 옆으로 밀려 열렸다. 갑자기 문이 열리는 통에 윈델은 깜짝 놀라 자신도 모르게 뒷걸음질을 쳤다. 그러자 문이 닫힌다.

윈델이 깜짝 놀라며 문에 다가가 손을 들이밀었다. 힘으로라도 문이 닫히는 것을 막으려는 것이었다. 그런 윈델의 의도를 눈치채기라도 한 양 철문이 다시 스르륵 옆으로 열렸다.

"역시 에르시안의 마법은……."

윈델은 경탄의 말을 한마디 뱉고 서재 밖으로 나갔다.

서재는 복도에 맞닿아 있었다. 윈델은 지금까지 책에 빠져 있기도 했지만 한편으로 갇혀 있다는 생각도 어느 정도 하고 있었다. 그래서 서재 밖으로 나오면 경비병 같은 사람이 무기를 들이대며 멈춰라! 한마디 정도는 할 거라 상상했다.

하지만 밖에 있는 거라고는 그저 어디로 이어졌는지 모를 복도뿐이었다. 복도가 전체적으로 둥글게 생겼는지 반대쪽 끝은 말려 보이지 않았다.

앞과 뒤, 어느 쪽으로 갈까 고민하던 윈델이 무작정 한쪽으로 걸음을 딛는다. 어디에 음식이 있는지 알 수 있는 방법은 없었다. 지금 윈델이 찾는 건 음식이 아니라 사람이었다.

마차도 지날 법한 복도는 큰 원을 그리고 있었다. 윈델은 조심스럽게 복도를 따라 걸어나갔다. 바닥과 벽면은 전부 금속질, 하지만 금속이라기에는 조금 따듯한 느낌도 있었다.

윈델은 서재로 돌아가면 이 벽의 재질이 뭔지도 알아봐야겠다는 생각을 품었다.

그렇게 얼마를 걸었을까? 윈델은 처음으로 '복도' 이외의 것을 만났다. 그래 봤자 별다를 것 없는 '문'이었지만.

문은 윈델이 앞에 서자마자 스르륵 좌우로 갈라져 열렸다.

윈델은 그 앞에서 잠시 머뭇거리다가 방 안으로 발을 들이밀었다.

윈델이 들어선 곳은 거대한 구형의 공간이었다. 딛고 있는 것은 겨우 두 사람이 나란히 걸을 수 있는 좁은 공중다리뿐이었다. 반경이 100여 미터는 족히 될 듯한 구체 안, 지름 부분을 가로지르고 있는 다리를 따라 윈델은 천천히 걸음을 옮겼다.

그때 윈델의 얼굴 앞에 손바닥 두 개를 합쳐 놓은 듯한 크기의 빛이 떠올랐다. 그 빛에 글자가 떠오른다.

—경고:이곳은 허가받지 않은 사람의 출입이 제한되어 있습니다. 제어 표식을 제출하여 주십시오.

에르시안의 글자였다. 뜻은 이해가 갔지만 윈델은 그 말에 답할 수 없었다. 제어 표식 따위 없었으니까.

"그, 제어 표식이 없는데……."

—경고:출입 제한 구역입니다. 가능한 빨리 이곳을 떠나주십시오.

"알았어, 그보다 혹시 부엌이 어디인지 알아?"

—경고:출입 제한 구역입니다. 가능한 빨리 이곳을 떠나주십시오.

대답이 변하지 않는다. 윈델은 눈앞에 떠오른 빛 덩어리가 융통성없는 녀석이라는 것을 알자마자 몸을 돌렸다. 몇 걸음 옮기지 않아 끊임없이 이어진 복도로 다시 나왔다.

하지만 아까와는 다르게 윈델을 맞이한 사람이 있었다. 그게 사람인지는 알 수 없었지만.

"주인께서 식사를 준비해 두셨습니다. 이쪽으로 오십시오."

온통 은색 옷을 걸친 그는 절도있는 동작으로 윈델을 마중하고 또 안내했다. 윈델은 몇 걸음 걷지 않아 그가 사람이 아닐 것이라 확신했다. 윈델은 지금 눈앞에 보이는 사람과 비슷한 것을 벌써 몇 번이나 보았다.

윈델이 그에게 묻는다.

"너… 혹시 푸퍼야?"

"푸퍼는 주로 실외에서 사용하는 중형 기계인형을 뜻합니다. 저희들은 돌즈라고 부릅니다."

"역시! 너도 골렘이었구나."

윈델은 새삼 자신을 안내하고 있는 남자를 살펴보았다. 피부에서 표정, 머리카락 한 올까지 완전히 인간과 똑같았다. 그가 인간이 아님을 의심한 이유는 시각적인 정보 탓은 아니었다. 육감 같은 것에 가까웠다.

"골렘은 신화 속에 등장하는 바위괴물들을 뜻하는 말로 알고 있습니다."

"우리는 그렇게 불렀어. 운터바움에서는."

"그렇습니까? 알겠습니다."

그는 윈델의 말에 이렇게 답하고는 다시 자신의 할 일—안내역—을 해나갔다.

'돌즈'를 따라 도착한 곳은 식당이라고밖에는 생각할 수 없는 커다란 방이었다.

중앙에는 원형의 테이블이 있었다. 순백의 식탁보가 테이블을 덮고, 테이블 중앙 일곱 갈래의 촛대에 꽂힌 초가 은은한 빛을 내뿜었다.

식당 벽은 유리벽 같은 것으로 감싸 있었다. 유리창인지, 다른 곳처럼 유리질로 이루어진 벽인지는 알 수 없었다.

그 벽을 통해 보이는 풍경에 윈델은 잠시 눈을 빼앗겼다. 두 개의 일그러진 빛 덩어리가 검은 하늘에 떠 있다. 검은 하늘은 반짝이는 작은 점들이 가득했고, 그 아래 붉은빛을 띠고 있는 거대한 대지가 구형을 이룬 채 유리벽 아래에까지 이어져 있었다.

윈델은 유리벽 쪽으로 몇 걸음 더 옮겼다. 붉은 대지가 점점 더 넓게 윈델의 시야를 채웠다. 그때, 윈델이 들어왔던 반대쪽 벽 문이 열리며 의자에 앉은 미르쥬크가 모습을 드러냈다.

윈델이 깜짝 놀라 문이 열린 쪽을 보았다.

"오래간만이군그래."

"아… 오랜만입니다."

유리벽에 바짝 붙어 있는 윈델을 보며 미르쥬크는 빙긋 웃었다. 윈델은 자신이 호기심 많은 어린아이 취급을 받는다는 생각이 들어 얼굴을 붉혔다.

"설마 열흘 넘게 그 방에 처박혀 있으리라고는 생각도 못했네. 용케도 건량 부스러기만 먹고 버텼어."

"아, 책에 너무 빠져서……. 게다가 당신이 절 가두어두었다고 생각하고 있었습니다. 배가 고프지 않았더라면 그 방을 빠져나올 생각을 하지 못했을 것입니다."

"왜 내가 자네를 가두겠나?"

미르쥬크의 의자가 부드럽게 공중을 날아 식탁 앞으로 다가왔다. 윈델은 유리벽에서 떨어져 그의 건너편 의자가 놓여 있던 곳으로 걸음을 옮겼다.

"아름답지 않나?"

갑자기 미르쥬크가 말을 건넸다.

"예?"

"그 벽 너머의 풍경 말일세."

"아, 예."

원델이 다시 고개를 뒤로 돌렸다. 일그러진 빛 덩어리들이 천천히 움직이는 모습이 보였다.

"포보스와 데이모스라고 한다네."

"포보스, 데이모스?"

"그 빛나는 별들 말이네. 정확히는 이 별의 위성이지."

원델은 미르쥬크의 말을 들으며 그 못생기게 일그러진 두 덩어리의 빛을 살폈다.

"위성이 무엇입니까? 그리고 별이라니 그건……."

"아, 자네에게 있어서 세계는 바움과 운터바움뿐인가? 바움은 저 붉은 별에서 자라고 있네."

"아! 저 붉은 대지가, 우리가 붉은 바다라 부르는 바움 밖의 세계입니까?!"

원델의 목소리가 높아졌다.

"그렇지."

"그렇다면……."

서두르는 원델의 말꼬리를 자르며 미르쥬크가 말한다.

"자네, 배고프다고 하지 않았나? 이야기는 천천히 해도 될 듯하네."

원델은 쏟아지려는 질문들을 간신히 억누르며 미르쥬크의 건너편에 앉았다.

"알겠습니다."

이름조차 들어본 적 없는 음식들이 차례차례 윈델 앞에 놓여졌다. 에르시안들의 식문화는 조금 이상했다. 1인분은커녕 한 순갈 분량의 음식들을 이렇게 천천히 식탁에 내놓다니! 처음 윈델은 배가 차는 속도가 느려 답답할 지경이었다.

식사 시간이 반 시간을 넘어가니 제법 배가 차 기분이 좋아졌다. 윈델은 그제야 음식의 맛을 음미할 수 있었다. 대부분 간이 담백하고, 식감이 부드러웠다. 이빨이 없는 사람들의 식사라도 되는 양.

"음식은 입에 맞나?"

"그게… 너무 말랑말랑 합니다."

"그런가? 하하, 우리들은 치아가 너무 약해서 아마 자네들의 음식을 한 상 먹고 나면 잇몸이 다 붓고 상하게 될 것이네."

미르쥬크는 이렇게 말하며 느릿한 동작으로 음식을 입에 넣었다.

"그런데……."

윈델이 화제를 전환하려 하자 미르쥬크가 곧바로 그에게 물었다.

"책은 재미있던가? 열흘이나 빠져 읽을 정도면 많은 것을 얻었을 듯하네만."

그의 말에 윈델의 표정이 심각하게 굳었다.

"제가 줄곧 품고 있던 궁금증의 첫 번째 고리는 풀었습니다."

"그런가? 그게 무엇이지?"

미르쥬크가 묻고 윈델이 답했다.

"바움 신… 바움의 정체입니다."

미르쥬크가 빙긋 웃었다. 물잔을 들어 한 모금 물을 삼킨다. 입가를 냅킨으로 살짝 닦으며 미르쥬크가 되물었다.

"어떤가? 신의 정체를 알고 나니."

"…진짜 신은, 당신들이더군요."

"우리도 신은 아니네. 굳이 따지자면 자네들과 같은 인간이지."

윈델이 짤막하게 한숨을 내쉬었다.

"설마 바움이 만들어진 것이라고는……. 그것도 인간들에 의해 만들어진 것이라고는 상상도 하지 못했습니다. 그 위대한 것이, 이 세계를 뒤덮고, 이 세계를 살아가는 모든 것들을 지켜주고 있는 그 나무가."

미르쥬크가 윈델의 말을 받았다.

"바이오스피어라고 하지. 이 별은 사람이 살아갈 수 있는 곳이 아니었어. 바움의 힘으로 우리들도 이 별에 잠시나마 머무를 수 있었지."

"제 지식으로는 바움이 무엇인지를 이해하는 데만 열흘이 걸렸습니다. 그런데 그곳에 나와 있는 설명과 지금의 바움은 모습이 너무나 다르더군요."

미르쥬크는 조용히 윈델의 눈을 바라보았다. 씁쓰레한 얼굴로 윈델이 천천히 입을 열었다.

"바움은… 저주받은 것입니까?"

미르쥬크가 고개를 끄덕인다.

"그렇네. 그 스스로에게 내린 저주이지."

"이제 운터바움에 살고 있는 생명들은 어떻게 되는 것입니까?"

미르쥬크는 다시 물을 한 잔 입에 머금어 삼켰다.

"첫날, 이야기하지 않았나. 나는 자네들이 현명할 것이라고 믿고 있네. 그 해답, 이곳에서 얼마든지 찾아보게나. 원한다면 언제든지 다시 운터바움으로 보내주겠네."

윈델은 미르쥬크의 말에 잠시 머뭇거렸다.

"어째서… 그런 계약은 전적으로 제게 유리한 것 같습니다만."

미르쥬크는 윈델에게서 눈을 떼어 유리벽을 바라보았다. 붉은 대지가 시야에 한가득 들어왔다.

"빚 갚음… 이라고 생각해 주게나. 이 세계가 이렇게 된 것에는 내 잘못도 있으니까."

윈델은 미르쥬크의 말이 얼른 마음에 와 닿지 않았다.

3

라티스는 자신의 애기(愛機) 앙트와네트의 온 관절을 비틀어 앞으로 뿌리쳤다. 전신에 흘러넘치는 릭트의 힘이 세실리파의 칼날 열 장으로 이루어진 거검 데카이드를 통해 뻗어나갔다.

하지만 파괴자 세베리아의 손에 들린 것 역시 세실리파의 칼날, 에우로파였다. 둘 사이의 힘 차이는 겨우 백지장 한 장. 세베리아의 일격에 앙트와네트의 어깨갑옷이 크게 잘려 나가 바닥에 떨어져 내렸다.

가시칼바람 계곡은 불과 수십 년 전만 하더라도 어느 누구의 관심도 받지 못하던 곳이었건만 벌써 세계의 미래를 가르는 싸움이 몇 번이나 벌어졌다.

앙트와네트와 파괴자 세베리아의 대결은 비밀리에 이루어졌다. 프라우밀에서 저 먼 곳, 가시칼바람 계곡까지 비밀리에 앙트와네트를 옮겨온 라티스는 단신으로 세베리아를 포착하는 데 성공했다.

그는 자신감이 넘쳐 있었다. 그의 기억 속에서 앙트와네트는 파괴자를 근소하게나마 앞서고 있었으니까. 예전 돌체와 이레카브 국경지대에서의 전투에서 분명 앙트와네트는 파괴자를 제압했다.

아쉽게 쉐도우 엘프 대군의 방해로 파괴자의 목숨을 끊어 놓지는 못했지만 오늘은 자신있었다.

하지만 결과는 정반대였다.

[무리예요! 더 이상은 교환할 갑옷이 없어요. 가지고 있던 어깨갑옷 일곱 장 모두 파괴당했단 말이에요!]

엠마의 다급한 목소리에 라티스는 진퇴양난이었다. 릭트의 힘을 더욱 끌어올렸다. 전신의 세포가 통증으로 비명을 질러댄다. 힘이 밀집한 손가죽은 터져 나가 선혈이 낭자하다.

"이 일격에 모든 것을 걸겠다!"

라티스가 비명에 가까운 기합을 내질렀다. 그의 몸을 감싸고 있던 무거운 물이 라티스의 기합에 따라 끓어오르듯 요동쳤다.

앙트와네트의 전신을 찬란한 빛이 감싼다. 태양이 새로 떠오른 듯, 눈부신 순백의 여신에 세베리아는 이를 악물었다.

양손으로 에우로파의 검자루를 움켜쥐었다. 전신, 순백의 피부 어느 한구석 남기지 않고 검은 문자가 떠올랐다. 문자들은 나선으로 뒤틀리며 세베리아의 릭트를 좇아 날카로운 이빨을 드러냈다.

두 힘이 충돌했다. 세베리아는 릭트의 폭풍에 온몸이 찢겨져 나가는 듯한 통증을 느꼈다. 하지만 책의, 문자의 힘이 그녀의 몸을 지켜준다. 상처는 순식간에 아물고, 찢겨 나간 부위는 금세 원래대로 돌아갔다.

힘의 충돌에 영향을 입은 것은 세베리아뿐만은 아니었다. 앙트와네트의 강철 갑옷들도 종잇장처럼 찢겨 나가고 엉망으로 우그러들었다. 무사한 부분은 세실리파의 칼날로 만든 검날 정도. 더 이상 앙트와네트는 하얀 여신 같은 것이 아니었다.

앙트와네트가 무릎을 꿇었다. 가슴 한복판을 가리고 있던 갑옷 한 장이 벗겨져 뒤집어진다. 폭풍에 날려 계곡에 처박히며 커다란 상처를 남긴다.

세베리아는 물러설 생각이 없었다. 라티스가 먼저 걸어온 싸움이다. 지금 선택할 수 있는 것은 패배, 아니면 승리뿐이다.

"항복해! 목숨만은 살려줄게!"

세베리아가 외쳤다. 아무리 거인의 모습을 하고 있다지만, 앙트와네트의 힘에는 끝이 있었다. 책의 힘을 얻어 결코 지치지 않는 육체를 가진 세베리아가 유리할 수밖에 없는 상황이었다.

라티스는 굴욕에 입술을 깨물었다.

"이럴 리가! 앙트와네트가 패배할 리 없어!"

하지만 그의 외침과는 별개로 이미 상황은 절망적이었다.

[라티스님, 일단 물러나세요! 데카이드를 버리고, 워프하세요! 더 이상 남은 갑옷이 없습니다. 앙트와네트 전신의 갑옷, 80퍼센트 이상 손괴되었습니다. 더 이상 데미지를 입게 되면 본체가 파괴될지도 모릅니다.]

"데카이드를 버릴 수는 없어!"

데카이드를 제외한 앙트와네트는 진짜 힘의 10퍼센트를 발휘하기도 힘들다. 하지만 지금으로서는 데카이드를 지킬 방법도 보이지 않았다.

너무 강하다.

라티스는 입술을 깨물었다. 세베리아의 외침이 그런 라티스의 귀를 때렸다.

"싸움을 일단 멈추자니까! 너와 하고 싶은 이야기가 있어."

선택의 여지가 없었다. 라티스는 굴욕적이었지만 파괴자 세베리아의 말을 따랐다.

옛 두 영웅이, 파괴자와 하나의 영웅이 되어 서로 마주했다.

세베리아는 얄궂다 생각되어 웃음을 지었다. 얼마 전까지만 해도 라티스와 어깨를 나란히 하고, 파괴자에 대해 토론하고 했었는데.

지금 라티스는 굴욕감에 시선을 떨구고 있었다. 한 번 승리한 싸움을 이런 식으로 끝맺게 될 거라고는 상상도 하지 못했다.

"우습습니까?"

라티스가 묻는다.

"뭐가 말이죠?"

세베리아가 되묻자 라티스는 주먹을 살짝 움켜쥐었다.

"몇 번이나 당신에게 큰소리 쳤습니다. 파괴자를 이길 수 있다고. 하지만……."

라티스의 말에 세베리아는 어깨를 으쓱했다. 그런 말을 했던 것은 사실이지만 그때와는 상황이 바뀌어도 너무 바뀌었다.

세베리아는 라티스의 말에는 별다른 반응을 보이지 않고, 완전히 다른 이야기를 꺼냈다.

"나는 무엇입니까?"

라티스가 세베리아를 쳐다본다. 세베리아가 다시 입을 열었다.

"당신이 보기에 나는 무엇 같습니까?"

"…파괴자 아닙니까?"

"엠베르크를 기억합니까?"

라티스가 고개를 젓는다.

"그게 뭐지요?"

엠베르크 역시 사람들의 기억에서 지워진 것이다. 세베리아는 지금 어떤 상황인지 정확히 이해하고 싶었다.

"케임델의 재앙은… 있었습니까?"

라티스가 이상한 표정을 짓는다.

"절 놀리는 것입니까?"

"아니요."

라티스는 왜 세베리아가 이런 질문을 하고 있는지 전혀 이해하지 못하겠다는 표정이었다.

"당신이 일으킨 케임델의 재앙을… 부정하겠다는 것입니까?"

라티스의 대답에 세베리아는 짤막하게 한숨을 내쉬었다.

"역시 윈델 대신 나인 모양이구나……."

그사이 라티스는 굴욕감을 어느 정도 떨쳐 버린 모양이었다. 그는 영웅이었다. 그리고 그 자리에 오르기 위해 수많은 패배를 맛보아왔다. 몸의 수련 못지않게 마음의 수련이 되어 있는 사람이다.

"당신의 실력 잘 보았습니다. 과연 세계의 파괴자라고 부를 만합니다."

말을 하며 라티스는 슈탈리저의 몸에서 나왔다. 라티스의 옷과 머리칼은 무거운 물로 축 늘어졌지만 자세만은 도도했다.

"패배한 지금 이런 이야기를 하는 것이 부끄럽게도 여겨집니다만… 처음 당신을 만났을 때부터 제안했던 이야기를 기억하십니까? 저와 함께하자는, 쉐도우밴에 들어와 달라는 그이야기 말입니다."

세베리아는 비록 자신이 들은 이야기는 아니었지만, 라티스의 제안에 대해서는 익히 알고 있었다. 심지어는 영웅 세베리아에게도 했던 이야기였다.

"기억합니다."

"어떻습니까? 함께하시는 게 어떻겠습니까? 당신과 제가 손을 합친다면 이 세계에서 마족을 모두 몰아내는 것도 가능합니다. 그렇게만 할 수 있다면 운터바움 모두가 인간의 영토가 됩니다."

세베리아는 물끄러미 라티스의 눈을 올려다보았다.

"그걸… 과연 신께서는 허용해 주실까요?"

라티스는 고개를 갸웃했다.

"마족이 사라지는 것을 말입니까?"

끄덕, 세베리아가 고갯짓을 하자 라티스는 잠시 대답하기를 주저했다. 세베리아가 다시 말했다.

"마족이 비록 인간들에게는 명과 암만큼 명백한 적이지만,

바움 신의 가지 아래 살아가고 있다는 점에서는 다를 바가 없습니다. 바움 신께서도 마족들이 사라지는 것을 원하고 계실까요?"

라티스는 여전히 아무런 대답도 하지 않았다. 세베리아는 그가 할 말이 궁하기 때문이라 생각했다. 이런 식의 질문을 하는 사람이 지금까지 또 있었을 거라는 생각이 들지 않는다.

하지만 라티스가 침묵하고 있는 이유에 대해 세베리아는 짐작도 하지 못하고 있었다.

라티스의 눈빛이 무거워지더니 다시 날카로워진다. 지금까지 눈동자 좌우에 각기 정정과 당당을 문신 새겼던 영웅과는 완전히 다른 모습이었다.

세베리아는 라티스의 눈에서 윈델을 보았다. 아홉 살 어린 나이에 만났던 악만 남아 있던 짐승, 윈델을.

"신께서는……."

한참을 머뭇거리던 라티스가 입을 열었다.

"신은… 잘못되었습니다."

만약 세베리아가 이 세계의 끝에 가까운 엔스헤드의 숲에 윈델과 함께하지 않았더라면, 그곳에서 신 바움을 만나지 않았더라면 라티스의 이 발언에 적지 않은 충격을 받았을 것이다.

운터바움의 인간들로부터 영웅으로 추앙받던 라티스가 신

을 '판단' 했다.

"이 세계에 마족을 기르다니! 신은 분명 실수하고 있는 것입니다."

세베리아가 짤막히 한숨을 내쉬었다. 신이 잘못하고 있다는 그 말에는 전적으로 부정할 수 없었다. 신은 인간들의 정신을 자기 입맛대로 조종하고 있다. 윈델을 잊게 만들더니, 이제는 자신을 잊혀진 사람으로 삼았다.

신이 그것을 해도 되는지 되지 않는지, 신학자가 아니라 확언할 수 없었지만 본능적으로 세베리아는 그것이 그릇된 행동이라 생각되었다.

아무런 대답도 없는 세베리아에게 라티스가 말했다.

"당신은 파괴자가 아닙니까? 당신은 어째서 바움 신을 파괴하려 하고 있습니까?"

"전……."

세베리아는 답할 말이 없었다. 파괴자가 아니었으니까. 그리고 바움 신을 파괴할 생각이 없으니까.

대답을 하는 대신 라티스에게 물었다.

"라티스님, 당신의 말대로 신이 잘못되었다고 해서… 무엇을 할 수 있다는 말입니까?"

"신도 잘못된 선택을 할 수 있습니다. 그렇다면 그 잘못을 인간이 지적하고 또 고칠 수도 있을 것입니다. 나는 바움 신의 잘못을 수정할 것입니다."

"바움 신의 잘못? 마족 말입니까? 그들을 전멸시킨다는?"

라티스가 고개를 끄덕였다.

"마족을 전멸시키고, 그늘진 땅을 이 운터바움에서 몰아낼 것입니다."

"운터바움에서 그늘진 땅을 없앤다고요?"

세베리아의 목소리에 가벼운 놀라움이 겹친다.

"그렇습니다. 축복이라는 이름으로 얼버무리며 인간들의 세상에 떨어지는 가지들. 그것으로 수많은 사람들이 죽고 있습니다. 그 잔가지들이 만들어낸 그늘에 깃들어 사는 것이 마족입니다. 혹시 파괴자 당신은 바움 신의 몸체 근처에 가보았습니까?"

몸체 근처, 세베리아는 불과 얼마 전까지 그곳에 있었다. 엔스헤드의 숲이라 이름 붙은 장소에.

"그렇습니다만."

"어떻습니까? 그곳은 그늘진 땅이던가요? 해 든 땅이던가요?"

"그늘이 있었습니다."

"가보았다면 당신도 알고 있겠군요. 거기에 마족은 없습니다."

세베리아는 라티스의 말에 고개를 끄덕였다.

"그건 맞습니다."

원하는 대답이라는 듯, 라티스가 조금 흥분한 목소리로 세베리아에게 말했다.

"바움 신의 몸에 깃드는 그림자라고 모두 마족들의 땅은 아닌 겁니다. 어디까지나 마족들이 사는 곳은 잔가지의 아래. 전 그래서 결론을 내렸습니다. 잔가지야말로 바움 신의 실수라고."

"…바움 신의 갈라진 가지……."

세베리아는 자신도 모르게 라티스의 말에 빠져들었다. 잔가지가 증오스러운 것은 자신도 마찬가지다. '축복'이야말로 세베리아를 지금에 이르게 만든 원흉 아닌가!

"'축복'이 없는 세계……."

세베리아가 다시 중얼거렸다. 라티스가 세베리아를 새삼 바라본다.

"그게 무슨 말입니까?"

"축복이 없는 세계를 만들겠다는 말입니까?"

"결과적으로는 그렇게 될 것입니다."

라티스의 대답에 세베리아는 빙긋 웃었다.

"그건 좋은 세계가 될 것 같습니다."

라티스는 지금까지 어느 누구에게도 털어놓지 않았던 속내를 지금 파괴자 앞에서 꺼내보았다. 가면을 쓴 채로 설득하는 것에 한계를 느껴서이기도 했지만, 어쩌면 파괴자는 자신의 마음을 이해해 줄지도 모른다는 기대가 있어서였다.

그의 생각은 옳았다.

세베리아와 라티스, 이 세계의 두 영웅은 어떻게 보면 세계의 비극이 낳은 영웅이기도 했다. 바움의 가지 아래 살아가는 자들로서의 숙명이 그들에게 비극을 안겨주었지만, 그것을 다른 사람들처럼 '신의 뜻이니까' 라는 말로 이해해 넘어갈 수 없었다.

"바움의 잔가지를 없앨 수 있다는 말입니까? 당신은?!"

세베리아가 물었다. 그리고 라티스는 긍정을 고갯짓했다.

"물론입니다. 당신이 도와준다면 분명히 해낼 수 있습니다."

세베리아는 라티스의 눈을 보았다. 그의 눈은 점잖지도 모두의 존경을 받을 만한 인정 넘치는 빛깔을 띠지도 않았다. 라티스의 눈은 20세에 멈춰 있었다. 끓어오르는 것이 그 안에 가득하다. 언제라도 넘칠 듯, 분출할 듯한 마그마가 이글거렸다.

이제야 세베리아는 또 다른 영웅이 누구인지 알 수 있었다. 쉐도우밴을 이끌며 왕국을 위해 공을 세우던 프라우밀의 장군은 어디까지나 가면이다.

젊은 시절 겪었던 비극을 아직까지도 인정할 수 없는 고집

쟁이에 불과하다. 자신이 그렇듯.

세베리아가 말했다.

"당신은 정말 파괴자와 손을 잡을 각오가 되어 있습니까? 더 이상 영웅의 칭호를 유지할 수 없게 될 것입니다. 아니, 오히려 세계의 적이 될 수도 있습니다."

이 말에 라티스는 단 한 순간도 주저하지 않았다.

"바움의 잔가지를 모두 제거할 수 있다면, 나는 당신보다 더한 악마와도 손을 잡을 수 있습니다."

세베리아는 짧막하게 탄식했다. 자신이라 해도 분명 같은 대답을 했을 것이다.

영웅이 되어, 코네리아의 이름을 세계에 알린다.

그 꿈은 막연했다. 하지만 더 이상 축복으로 죽어가는 사람이 없도록 한다는 이 새로운 목표는 눈앞에 손 뻗으면 닿을 거리에 있다.

파괴자, 엠베르크를 다시 부활시킨다면 바움 그 자체를 파괴할 수 있는 그 힘이라면 분명 잔가지 따위야 순식간에 정리할 수 있을 것이다.

세베리아는 라티스에게 한 걸음 다가섰다.

"당신의 제안을 받아들이겠습니다. 단, 몇 가지 조건이 있습니다."

영웅과 영웅으로서 같은 편이 되는 것에는 실패했지만, 세베리아와 라티스는 파괴자와 영웅이라는 오월동주의 팀을 이루게 되었다.

4

윈델은 지상의 일은 한편에 버려두었다. 당장 세베리아가 위험한 것도 아니고, 그녀의 기억은 이미 정상으로 돌아왔다. 지금 윈델 앞에 당면한 과제는 바움에 대한 것이었다.

한 권의 책을 옆구리에 끼고, 윈델은 가장 아랫방으로 걸음을 향했다.

윈델이 선 곳은 투명한 바닥 위였다. 둥근 벽의 이 방은 바닥이 훤히 내려다보였다. 무엇 때문에 만든 방인지 아직 이해할 수 없었지만 분명한 것은 저 아래의 세계가 너무나 아름답다는 것이다.

윈델은 그 방에 들어서며 심호흡을 했다. 바움은 이곳에서 볼 때도 거대하기가 이를 데 없었다. 직경 300킬로미터의 나무는 나무라기보다는 한 덩이 녹색 구름덩이처럼 보였다. 사방으로 갈라진 가지를 따라 잎더미들이 염주처럼 달려 있는 모습이 보인다.

그 아래, 어디는 그림자 지고 또 어디는 밝다. 해 든 땅, 그리고 그림자 진 땅. 이곳에서 보니 그 모두가 손바닥 안에 들어온다.

바움 주위의 계곡과 붉은 모래사막은 모래폭풍으로 자욱했지만, 바움의 가호로 그 가지 아래만큼은 늘 평온하다. 윈델은 이제 그것이 '가호' 같은 것이 아니라는 것을 알고 있다. 하지만······.

바움이 인간들을 살 수 있게 만들어준다는 점에서는 다를 바가 없다.

윈델이 눈살을 찌푸렸다. 지금 골몰하고 있는 문제가 다시 떠올랐다. 옆구리에서 책을 내려놓는다.

제2과학형명 : 22세기, 연금술의 부흥

이해하는 것이 결코 쉽지 않았지만 윈델은 끈기있게 하나둘, 미르쥬크의 학문을 배워 나가고 있었다.

윈델이 손바닥을 펼쳐 올렸다. 이곳에서 마법의 진짜 이름을 알고, 다시 마법을 쓸 수 있게 되었다. 윈델이 마법이라고 배워왔던 그 신비한 힘은 실은 훨씬 복잡한 이름을 가지고 있었다.

미르쥬크를 포함한 과거인들은 마법을 '대기 중 극소형 원소 고정 설비 이용법'이란 이름으로 불렀다. 눈에 보이지 않는 기계들이 세계를 떠돌고 있고, 인간은 그것을 통해 필요한 물품들을 생산해 낼 수 있다. 이 세계에 여러 원소를 미립자 형태로 변형시키고 있는 공장이 따로 있기 때문에 가능한 일이었다.

결국 마법 또한 그들의 유물이었던 것이다.

그때 한 사람이 윈델을 찾아왔다. 수염이 허연 그 노인은 다름 아닌 엔스헤드였다.

"잘되어가나?"

엔스헤드의 물음에 윈델이 고개를 끄덕거린다.

"그럭저럭이요. 하지만 역시 에르시안의 학문은 어렵습니다."

"아직도 에르시안이라 부르나?"

"아, 입에 붙어서 그만. 어시안의 학문 말입니다. 그보다 놀랐습니다. 바움 신을 비롯해 이 굉장한 것들을 만든 것이 우리와 같은 인간이라니 말입니다. 태양계 세 번째 행성 어스(지구)에 살던 종족, 어시안들이."

엔스헤드가 콧등에 앉은 안경을 슬쩍 밀어 올린다.

"그것이 문자의 힘 아닌가. 이 세계 수많은 생명들 중 기억을 기록해 후대에 전달해 줄 수 있는 유일한 종족……. 인간이 이뤄낸 것은 그야말로 신에 버금가지. 하나 자만하지 말게. 인간은 결국 고향을 잃고 다른 우주로 떠나고 말았으니까."

윈델은 고개를 끄덕였다.

역사책을 보았다. 바움이 무엇이고 이 세상에 왜 존재했는지 적혀 있는 그 글 타래를. 바움은 신 따위가 아니었다. 그것은 인간들이 화성이라 부르는 네 번째 별에서 머무르기 위해 만들었던 생명유지장치였다.

처음 그 사실을 알았을 때 윈델은 뭐라 말할 수 없는 기분을 맛봐야 했다. 딱히 신을 경애해 오지도 않았지만, 정작 그 진짜 모습은 훨씬 보잘것없다.

역사책은 인간들이 화성에 머무르다 떠나간 것까지만 적혀 있었다. 그 뒤로 세계가 왜 이런 모습이 되었는지에 대해서는 바움을 제외한 어느 누구도 모른다. 심지어는 미르쥬크조차도.

"미르쥬크는 어떻습니까?"

윈델의 물음에 엔스헤드가 어깨를 으쓱였다.

"그는 이미 죽었어야 할 사람이야. 지금도 그저 생명을 이어갈 뿐이고. 불치의 병으로 홀로 화성에 남게 된 가여운 사람이지. 그가 겨울잠에 빠진 시간 동안 내가 모든 수단을 동원해 치료법을 찾아보았지만 결국은 실패했지. 더 이상 나빠질 것도 좋아질 것도 없어. 몇십 년이나 더 살 수 있으면 그것만으로도 기적이야."

마지막으로 화성을 떠날 때 인간의 기대 수명은 232세였다

고 한다. 물론 몇 가지 장기와 피부를 인공으로 교체를 한 후
에.

올해로 꼭 마흔 살이 된 미르쥬크에게 몇십 년의 시한부 인
생은 가혹하다면 가혹했다.

"자, 그럼 팔을 내놓아보게."

엔스헤드가 손바닥을 내밀고, 윈델이 팔을 얹었다.

"정말 자네들은 미스터리야. 도대체 왜 바움은 인간을 만
든 걸까?"

이 질문이 윈델에게는 너무나 낯설게 들렸다.

신이 인간을 만들었다는 것은 오랜 상식이다. 하지만 최근
윈델의 관념 속에서의 신은 난도질당하고 있었다. 바움이 더
이상 신처럼 느껴지지 않았다.

신성하지 않은 것. '물건'에 의해 태어난 인류. 그것이 바
로 자신이다.

엔스헤드의 사소한 질문에 윈델은 존재 가치까지 흔들렸
다. 떨리는 가슴을 감추며 윈델이 물었다.

"바움이 만든 우리가… 인간이기는 한 것입니까?"

엔스헤드가 빙긋 미소 짓는다.

"대답하기 어려운 질문이긴 하군그래. 아, 이런 이야기가
어떨까?"

윈델은 엔스헤드의 이야기를 기다렸다. 수많은 시간 동안

인간을 치료해 온 유사인격이 과연 어떤 조언을 해줄까?

"아주 오래전의 일이네. 그때만 해도 아직 철학이 과학에 우세였지. 하지만 과학이라는 신학문이 가지고 온 파괴력이 적지 않았어. 심지어는 인간의 존재의의에까지 딴죽을 걸었네. 그때까지 인간들은 신이 자신을 창조했다고 생각했는데, 알고 보니 원숭이가 돌연변이를 일으켜 나타난 것이 인간이란 종이었던 거야. 처음 그러한 학설을 제기했던 학자는 고약한 말로 매도당했고. 하지만 지금 인간들 중 자신의 조상이 유인원이라는 사실을 부정하는 이는 드물어."

윈델이 고개를 갸웃한다.

"원숭이⋯ 라는 게 무엇입니까?"

"털이 많고, 팔로 땅을 짚고 다니는 동물의 일종이야. 인간과 비슷하게 생긴."

"아!"

윈델은 원숭이라는 것을 머릿속에 상상해 보았다.

"그것이 인간이 되었단 말입니까?"

"그럼. 어떤 의미에서는 바움에게 만들어진 자네들이 훨씬 사정이 낫다고도 할 수 있어. 그리고 아까 자네가 했던 질문에 대답해 보자면, 유전적으로 완벽하게 인간이네."

윈델은 유전적이라는 말의 뜻을 어느 정도 이해하고 있었다. 그동안 했던 공부 덕분이었다.

엔스헤드에게 윈델이 물었다.

"바움은 왜 인간을 만들었을까요?"

"내가 궁금한 것도 그거야. 하지만 하는 양을 보면 정말 신이라도 되고 싶었던 모양이야."

"신……."

윈델은 문득 신이라는 게 무엇일까 하는 질문을 마음속에 던졌다. 지금까지 신이라 생각했던 모든 것들 바움, 엠베르크를 만든 사람, 그 어느 것도 초월자가 아니었다. 인간이고, 혹은 인간이 만든 것들에 불과했다.

심지어는 달과 태양도.

"오늘은 포보스가 먼저 떠오르네."

엔스헤드가 윈델의 몸을 살피며 중얼거렸다. 윈델이 눈을 돌렸다. 못생긴 감자처럼 생긴 저 별, 저것이 이 행성의 진짜 달이었다. 달이라고 믿고 있던 밤하늘을 달리던 빛의 덩어리는…….

"정말 이곳이 달입니까?"

몇 번이나 했던 질문을 윈델은 다시 던졌다.

"그렇다니까. 정확히는 달이 아니라 천창(天窓)을 따라 움직이는 이동형 인공위성. 목적은 바움의 관리이고."

"태양은… 고정형 인공위성이고요."

"그래. 위성 집광판이야. 태양에서 빛을 받아 지상으로 쏘아보내기 위한. 왜곡이 커 도플러 현상이 심한 편이긴 하지만. 지상에서는 붉은 색조에서 보라 색조로 변한다면서?"

"예. 정오 무렵에만 금색으로 변하고······."

"뭐, 고향 별의 환경을 흉내낸 건지도 모르고. 그쪽은 내 전공이 아니라 정확히 모르겠지만."

엔스헤드가 윈델의 어깨를 탁 하고 친다.

"이상없네. 역시 우주환경에도 잘 적응하는군그래. 몸에 이식된 '양자의 길'도 잘 작동하고 있고."

엔스헤드는 '책'을 '양자의 길'이라는 이름으로 불렀다. 책이라는 것은 어디까지나 윈델의 인식 범위 안에서 이해할 수 있는 어휘일 뿐, 정확히는 어시안들의 기록매체인 '양자 블록'이 몸 안에 이식된 상태를 이야기했다.

양자 블록은 주로 정보를 처리하는 기계장치와 직접적으로 연결할 필요가 있는 사람들이 이식했다. 인간을 기계의 일부로 만드는 것이다.

양자 블록을 몸 안에 지니게 될 경우에 정보의 처리 능력이 비약적으로 올라간다. 온전한 의미에서 마법을 쓸 수 있게 된 것이다. 다만, 그렇기 때문에 오히려 제약이 있어 윈델이 마법을 잃었던 것이다.

"아무튼 자네는 지금 바움의 관리자일세. 제어 열쇠인 엠베르크를 다시 깨워 바움을 파괴해야 할 임무를 띠고 있어.

바움을 저대로 놔두었다가는……."

"알고 있습니다."

윈델이 엔스헤드의 말을 끊었다. 이제야 윈델은 엠베르크의 말들을 온전히 이해할 수 있었다. 바움이 저주받았다는 것이 어떤 뜻인지, 바움의 운명이 무엇인지.

그럼에도 윈델은 이전과 같은 태도를 견지했다.

"하지만 바움을 제거할 수는 없습니다."

"방법이 없다니까. 아무리 이 별의 중력이 작다고 해도 저 크기는……."

엔스헤드가 중얼거려 보았지만, 윈델은 단호했다.

"분명히 어떻게든 할 수 있을 것입니다."

엔스헤드가 윈델의 눈을 뚫어져라 쳐다본다.

"역시 자네는 지난번 그 아이와는 다르군그래."

기억을 더듬으며 엔스헤드가 말했다.

"그도… 엠베르크를 부활시켰고, 바움을 제거하기 직전까지 갔지. 자네와 마찬가지로 바움의 저주에 대해서도 알게 되고. 하지만 그 순간 마음이 꺾이고 말았어. 바움에게 굴복하고, 책을 포기했지."

"그래서 어떻게 됐습니까?"

"글쎄, 지금도 저 운터바움에서 살아가고 있는 것으로 아네. 그도 자네와 마찬가지로 인간들을 걱정했지. 그 방법을 찾고 있지 않을까?"

"만약 그렇다면 꼭 한번 만나보고 싶습니다. 혼자보다는 둘이 고민하는 게 나을 테니까요."

"그런가?"

엔스헤드는 흥미없다는 듯 심드렁하게 대꾸했다. 윈델이 쓴웃음을 지었다.

"당신은 인간을 치료하는 것이 사명 아닙니까? 그런데 오히려 인간의 생명에 무관심한 것처럼 보입니다. 그리고 엠베르크는 어떤 의미에서 이 세계를 파괴하기 위해 태어난 존재인데… 생명에 관심이 있는 듯 보이고."

"글쎄. 엠베르크 녀석의 마음까지야 모르겠지만 나는 너무 많은 죽음을 봤으니까. 70억을 넘어섰던 인간의 숫자가 2만으로 줄어들었던 그 지옥을 나는 이 눈으로 보았네. 일개 생명 종의 개체수는 그저 숫자에 불과한 거야. 시간이라는 이 기나긴 축을 기준으로 본다면."

"…당신이 한 그 말은 정말 신의 한마디 같습니다."

엔스헤드의 흰 눈썹이 슬쩍 들린다.

"그런가?"

자리를 털고 엔스헤드가 일어섰다. 그가 문밖으로 나가자 윈델은 다시 책으로 눈을 돌렸다.

"찾아내겠어, 바움의 저주를 이겨내는 방법을."

발밑으로 바움의 모습이 보였다. 그의 가지들이 제멋대로 뒤틀려 정말 나무처럼 뻗어나간 것이.

그 잎과 가지 끝이 마르고 있는 모습이 보이고, 미립자로 분해되어 사라져 가는 끝 부분이 선명하게 눈에 들어왔다.

바움은 뿌리로 별을 삼켜 줄기, 가지, 잎을 유지하려 하지만 별은 이미 그 질량의 30퍼센트를 우주로 잃어버렸다.

바움은 이 별과 함께 죽어가고 있었다.

Chapter 22
시간이 흐르는 의미

Unterbaum

운테바움

1

　슈탈리저 앙트와네트, 앤볼린. 백색과 적색의 두 슈탈리저
는 인간들에게 공포 그 이상이었다.

　영웅 라티스는 지난 5년간 마족들과의 전쟁에 거듭 승리를
거두었다. 어느 조력자를 맞이한 이후였다.
　조력자는 붉은빛 도는 검은 머리칼을 가지고 있었다. 진홍
색 가면으로 얼굴을 가리고, 더운 날씨에도 왼팔을 가죽 갑옷
으로 칭칭 감추어두었다. 사람들은 그녀가 누구인지 알지 못
했다. 다만 앤볼린이라는 슈탈리저로 어느 누구보다 용맹하

게 마족과의 전투에 승리의 깃발을 꽂아나가는 모습을 볼 뿐이었다.

가장 치열했던 전투는 바이할 전쟁이라 칭해진, 남쪽 가지 전투였다. 케임델 왕국 북쪽 끄트머리, 쉐도우 엘프들의 성지로 진격해 나간 라티스와 쉐도우밴은 한 달간의 치열한 전투 끝에 성지 바이할른을 점거했다.

그 전쟁에 참가한 것은 쉐도우밴뿐만이 아니었다. 새로 창설된 지 몇 년 되지 않은 각국의 슈탈리저 부대들도 그 역사적인 현장에 있었다. 케임델의 여기사단 왈큐레, 케임델 왕국 정예기사단 지크케임델, 프라우밀의 아인프라우 성기사단 등등.

각국의 국력을 자랑이라도 하려는 듯 거창하게 외양을 장식한 거인들의 진격에 마족들은 속수무책이었다. 그들의 무기는 대부분 무용지물이었고, 점점 더 어둡고 깊은 숲 안으로 마족들은 패퇴해 갔다.

그러던 상황이 변한 것은 바이할 성지 전쟁 직후였다.

성지에 연합군의 깃발을 꽂은 영웅 라티스가 갑작스럽게 선언했다.

―이제부터 우리 쉐도우밴은 성지 바이할을 거점으로 바이할 가지 파괴를 위한 작업에 착수한다!

바움 남쪽 하늘을 뒤덮은 거대한 가지, 바이할을 파괴하겠다는 라티스의 말에 네 개 교단은 공히 반대를 표했고, 결국 영웅과 세계 사이에는 돌이킬 수 없는 골이 생기고 말았다.

어느 누구도 운터바움 대 쉐도우밴의 전쟁에서 후자의 승리를 예견치 않았지만, 앙트와네트와 앤볼린의 위력은 범인의 상상 범주를 넘어섰다.

거대한 열 장의 세실리파 칼날을 이어 만든 거검 데카이드. 그리고 거검 에우로파를 창두로 삼은 핼버드 카이—에우로파. 두 무기가 뿜어내는 릭트에는 어느 슈탈리저도 당해낼 수 없었다.

세계가 혼란에 빠진 그때 프라우밀의 수도, 프라우밀 성 뒷골목 한 선술집에 자그마한 소란이 일고 있었다.

"멈춰! 이곳은 출입 금지……."

경비병이라고 하기에는 칼 솜씨가 너무나 날카로운 남자가 검격을 내지르며 외쳤다.

그 순간 검사의 검이 제멋대로 꺾이고 휘어버렸다. 그야말로 눈 깜짝할 순간, 검은 세련된 솜씨의 대장장이를 거친 듯별 모양으로 변했다.

"거, 거짓말!"

믿기지 않는다는 듯 그가 외쳤다. 상대는 그저 손짓을 한번 했을 뿐이다. 어떻게 검이 이렇게 휘어버릴 수 있단 말인가!

"비켜."

망토를 뒤집어쓴 남자가 짤막히 말했다.

"이, 이곳은······."

"비켜."

낮게 으르렁거리는 그의 목소리에 검사는 자신도 모르게 뒷걸음질을 쳤다. 그때, 또 한 명이 나타나 망토 입은 남자에게 외쳤다.

"이곳이 보통 술집이 아니라는 것은 이미 알고 있을 터! 목숨을 잃게 된다 하더라도 원망하지 말아라!"

한 줄기 강철 칼날이 허공에서 솟아나 침입자의 목을 노렸다. 마법이었다. 매질은 강철, 속성은 첨예(尖銳)!

상대의 마법력은 이 세계에 손꼽는 자라 하더라도 믿을 만했다. 소환되어 튀어나오는 속도가 어찌나 빨랐는지, 벌써 파공성이 울리기 시작했다.

그렇지만 마법에 있어서는 침입자 쪽이 몇 수 위였다. 몇 수 정도가 아니다. 완전히 차원이 달랐다.

망토를 뒤집어쓴 그가 다시 손을 흔든다. 파리를 쫓듯 가벼운 동작이다. 그 순간, 그의 앞에 마법이 펼쳐졌다.

손바닥만 한 금속조각이 강철 칼날을 막아섰다. 아니, 그건 금속이라기보다는 도자기나 그 다른 무엇과 더 비슷했다. 색은 상아색. 그 위에 가느다란 검은 무늬가 복잡하게 얽혀 있다.

매질은 세실리파의 칼날! 속성은 불괴!

마법사는 침입자의 마법에 숨이 턱 막혔다. 이 세계에 세실리파의 칼날을 '이해'한 마법사가 나타난 것이다.

"그, 그럴 리가…… 그게 진짜……."

침입자가 짤막히 말한다.

"비켜. 너희는 나를 막지 못해."

마법사가 전의를 잃고, 검사는 여전히 별 모양으로 구부러진 자신의 검에 넋을 잃었다. 망토를 눌러쓴 침입자는 그들 사이를 유유히 지나 주점의 더 깊은 곳으로 나아갔다.

단지 술집이었던 입구와는 다르게 지하에는 지상의 몇 배나 되는 공간이 펼쳐졌다. 긴 복도 끝에 큰 강당, 그리고 그곳에서 몇 갈래 길로 나뉘어 별실을 이루고 있었다.

망토를 눌러쓴 남자는 흡사 이미 길을 알고 있다는 듯 유유히 그 안을 거닐었다.

침입자를 막아서는 인간 군상은 말 그대로 잡다했다. 순수한 근력으로 싸우는 자들이 있는가 하면 어떤 이들은 신성력에 기댔다. 세칭 기사, 성기사라는 무리였다. 세상 밖으로 나간다면 여느 부대의 기사단장쯤 될 법한 자들이 이 어두운 지하에 모여 무엇을 하는 것인지 수상하기가 이를 데 없다.

그뿐 아니라 마법사들에 신성술사도 결코 적은 숫자가 아니었다. 운터바움에 이런 정체불명의 집단이 쉐도우밴 이외에 또 있다는 것이 놀라울 따름이었다.

하지만 그 어느 누구도 침입자를 막는 데는 역부족이었다. 너른 강당에서 방어진을 이루었던 기사는 추풍낙엽이 되어 바닥에 쓰러졌다. 침입자는 마법뿐 아니라 검술에도 굉장한 조예가 있었다. 빛의 검 '릭트'를 쓸 수 있었으니까.

마법사 한 무리를 따돌리고 골목에 접어든 남자가 갑자기 손을 앞으로 뻗었다. 또다시 손바닥만 한 금속이 눈앞에 소환된다.

티잉―

쇳조각 부딪치는 소리가 복도에 긴 여운을 남겼다. 침입자가 작은 금속을 막아낸 것이다. 튕겨 나간 금속은 벽에 푹 박혔다. 한 뼘짜리 화살이었다.

"제법 재미있는 무기를 쓰네."

침입자가 중얼거린다.

"물러서세요."

무기를 쏜 사람의 목소리가 복도 저편에서 들렸다. 지금 침입자가 있는 곳은 두 사람이 겨우 지날 수 있을까 말까 한 좁은 곳이었다. 어스름한 어둠이 깔린 복도 저편에서 무기를 겨누고 있는 한 여자의 모습이 어렴풋 보였다. 사람 키만 할 듯한 장궁이었다. 어떻게 장궁으로 이렇게 작은 화살을 쏠 수 있는지는 불가해였지만, 위력적인 것만은 사실이었다.

"이 너머는 제 목숨을 걸고 지켜야 할 곳이에요. 물러선다면 지금까지의 일은 불문에 붙치겠지만, 제 경고를 무시한다면……."

하지만 침입자는 물러설 생각이 없는 모양이었다. 그녀의 경고를 한 귀로 흘리며 짤막하게 중얼거렸다.

"기간테스의 팔."

그 순간 복도 전체가 울컥하고 흔들렸다. 정확히는 흔들렸다기보다는 공간 자체가 일렁였다. 세반고리관은 아무것도 느끼지 못했는데 시야가 크게 진동한다.

"무, 무슨……!"

위협을 느낀 활잡이는 또 한 번 짤막한 화살을 쏘아 날렸다. 긴 활대에 넣어 쏘는 애깃살이었다. 하지만 화살은 침입자 근처에도 닿지 못했다. 시야를 가득 채운 거인의 팔에 막혀 힘없이 바닥에 떨어질 뿐이었다.

"거짓말!"

복도에 소환된 팔은 성난 파도처럼 여자를 덮쳤다. 활을 품에 안으며 여자가 몸을 굴러 피했다. 그녀가 가로막고 있던 뒤쪽의 문이 소환된 거인의 팔에 힘없이 박살 나 산산이 흩어졌다.

신기루처럼 기간테스의 팔은 사라졌다. 침입자는 그 뒤를 유유히 걸어 여자의 곁을 스쳐 지나갔다.

그와 눈이 마주친 순간, 여자는 고개를 떨구었다. 저건 당해낼 수 없다. 굴욕감에 입술을 깨문다.

부서진 문 너머는 다시 너른 홀이었다. 이곳은 굳이 한마디로 묘사하자면 식물원이었다. 직사각형의 홀 안에 수십 그루의 나무가 있었다. 하나같이 화분에 심어져 있었는데, 화분은 화분이라기보다는 커다란 항아리 같았다.

화분 아래로는 쉴 새 없이 맑은 물이 흘러나왔다. 하지만 어디에도 물을 주는 모습은 보이지 않았다. 나무 자체가 물을 만들어내기라도 하는 듯 보였다.

침입자는 흥미롭다는 듯 화분에 심긴 나무들을 돌아보았다. 조금 전 화살을 쏘았던 여자가 한쪽 팔을 움켜쥐며 절뚝절뚝 다가왔다. 거인의 팔을 피하다 입은 상처인 듯, 여기저기 옷이 찢어져 찰과상 난 피부가 드러나 보였다.

그녀가 다가서자 침입자가 입을 열었다.

"바움의 묘목… 이지?"

여자가 어깨를 흠칫 떨었다. 어떻게 아냐는 눈빛으로 침입자의 뒤꼭지를 쳐다본다.

"역시, 그는 유토피아에 있었군."

"누구 말이지요?"

여자가 물었다.

"당신은 이곳이 유토피아라는 것을 이미 알고 찾아온 것인가요? 이곳에 아는 사람이라도 있다는 말이에요?"

거듭 묻는 말에 침입자는 몸을 돌려 여자를 보았다.

"이름이 뭐지?"

처음으로 여자는 침입자의 얼굴을 볼 수 있었다. 피부가 유달리 하얗고, 머리칼도 백발에 가까운 회색 빛을 띠고 있었다. 무엇보다 눈빛이, 이 세상 사람의 것이라고는 생각되지 않을 만큼 깊고 묵직했다.

"에바나…… 활잠이 에바나예요. 어떻게 알았죠? 이곳에 유토피아가 있다는 것을!"

침입자는 그 질문에는 답하지 않았다. 에바나라 이름 밝힌 여자가 다시 말한다.

"도대체 당신은 누구죠? 누구를 찾아온 거죠?"

"누구를 찾느냐고? 그러니까… 너희들 말로 하자면 책. 정확하게는 책이었던 사람."

침입자의 말에 에바나는 고개를 갸웃거렸다. 책이었던 남자라는 말이 몹시 어색하게 들렸다. 에바나가 입을 열었다.

"무슨 말인지 모르겠어요."

"너희에게 이 모든 지식을 가르쳐 준 사람 말이야. 바움의 묘목을 기르는 방법이라거나… 너희가 이 지하에 만들고 있는 발할라에 대해 이야기해 준 사람."

"어떻게 발할라까지……. 도대체 정체가 뭐죠?!"

에바나의 물음에 답한 것은 침입자가 아니었다.

"그의 정체는 책이지. 지금 책인 남자."

윈델이 눈을 돌렸다. 바움의 묘목이 자라고 있는 방의 반대편 끝에 한 남자가 서 있었다. 붉은 머리칼에 제법 나이가 들어 보이는 남자가 굳은 얼굴로 천천히 걸음을 옮겼다.

"총수!"

에바나가 외치며 그의 곁으로 다가갔다. 한 눈으로 침입자를 경계하고 있었다. 하지만 정작 총수라 불린 남자는 침입자를 경계하지 않았다.

"오랜만이네, 윈델 퀴렌스. 지금은 누구라는 설정이지? 바움 신은 너의 존재를 이 세계에서 그냥 지워 버린 모양이던데."

침입자는 다른 누가 아닌 바로 윈델이었다. 지난 5년간 '달'의 도서관에 머무르던 그가 다시 이 세상에 내려온 것은 불과 며칠 전의 일이었다.

"설정이라니. 난 나일 뿐이야. 그보다 설마 당신이 전대의 관리자이리라고는 생각하지 못했는데? 유토피아의 총수 엘베룬!"

"그것까지 안다는 건 엔스헤드를 만났던 모양이군."

윈델은 고개를 끄덕했다. 엔스헤드뿐 아니라 이 별에 남은 최후의 에르시안, 미르쥬크까지 만났다.

"이전에 봤을 때는 세베리아의 이름만 부르짖기에 그녀를 가장 먼저 찾아갈 거라 생각했는데."

"아직 만날 수 없어. 먼저 해야 할 일이 있으니까."

"그게 날 찾아온 이유인가?"

윈델은 엘베룬의 물음에 대답을 하지 않았다. 천천히 걸음을 옮겨 바움의 묘목이 자라고 있는 화분으로 다가갔다.

"발할라를 만들고 있는 모양이던데."

"너도 에르시안의 지식 일부를 손에 넣은 모양이구나. 발할라의 이름을 알다니."

윈델이 다시 엘베룬을 보았을 때, 그의 모습은 전혀 다른 사람으로 변해 있었다. 검은 단발머리의 소년이다. 어떻게 근 골까지 저렇게 축소시킬 수 있는지, 윈델은 그의 기술에 경탄했다.

"발할라는 벌써 80퍼센트가량 완성되었네."

"그야말로 그곳은 천국이겠지."

윈델은 바움의 뿌리에 닿아 있는 모래질의 흙을 쓰다듬었다. 그가 엘베룬에게 질문을 던졌다.

"혹시 당신은 바움이 어떤 원리로 물을 만들어내는지 이해하고 있나?"

엘베룬은 답하지 않았다. 윈델이 다시 말했다.

"그렇다면 백화 티타늄과 강화탄소 섬유에 대해서도 모르겠군그래."

"그게 뭐지?"

"이건 알겠지?"

윈델은 말로 설명하는 대신 손을 들어 올렸다. 그의 손바닥 아래에 자그마한 소용돌이가 일었다.

"마법! 조심하십시오!"

에바나가 엘베룬의 앞을 가로막았다.

"걱정 말게. 암습 따위는 아닐 테니까."

엘베룬은 에바나에게 이렇게 말하며 오히려 윈델에게 한 걸음 다가섰다. 그리고 그의 손에서 만들어지는 상아색 금속 조각에 시선을 고정했다.

"…세실리파의 칼날."

"세실리파의 칼날이라고요?!"

에바나가 외쳤다. 그녀는 마법사가 아니었지만 세실리파의 칼날을 소환할 수 있는 마법사가 이 세상에 없다는 것 정도는 알고 있었다.

모양은 손바닥 크기의 납작한 정사각형 판이었지만, 그건 분명 세실리파의 칼날이었다. 믿을 수 없는 광경에 에바나는 그저 입을 벌릴 뿐이었다.

놀란 것은 그녀뿐만이 아니었다. 엘베룬은 나지막한 신음을 냈다.

"으음, 자네가 얻은 '지식' 안에는 세실리파의 칼날도 있었던 모양이군."

"역시, 당신이 만들고 있는 것은 불완전한 발할라로군."

"내가 이해하지 못하는 부분이 얼마간 있었던 것은 사실이야. 하지만 그것은 분명 하늘을 날 것이네."

"하늘이 아니라, 발할라는 본래 별과 별 사이를 항해하도록 만들어진 배야."

별과 별 사이라니! 터무니없는 이야기라는 생각에 엘베룬과 에바나는 멍한 얼굴을 했다. 하지만 그들 눈앞의 윈델은 어디까지나 당당한 낯빛을 띠고 있었다.

에바나가 윈델에게 외치듯 말했다.

"그렇다, 그렇다 하더라도 충분해요. 우리는 바움의 그늘 아래를 벗어나 다른 곳에 정착할 수 있어요. 바움은 조만간 쓰러지고 말 테니까요. 바움이 쓰러진다면 이 세계 수백, 수천만의 생명은 어느 하나도 살아남을 수 없어요. 발할라를 타고 외해로!"

"엘베룬이 해준 이야기인가 보군. 바움의 최후가 다가오고 있다는 것은."

에바나가 고개를 끄덕이고 엘베룬이 입을 열었다.

"아까 바움이 어떻게 물을 만들어내는지를 내게 물었지? 나는 그 방법까지는 모르네. 자네는 알고 있다는 이야기인가?"

윈델이 고개를 끄덕인다.

"알고 있어."

윈델이 화분에 심어 있던 바움의 묘목, 가지 하나를 분질렀다. 으득 소리가 나며 부정형의 단절면을 남기고 가지가 떨어져 나왔다.

"이건 나무 따위가 아니야. 나무의 모습을 하고 있는 것은 어디까지나 외형뿐. 바움은 일종의 공방이야. 원소들을 잘게 부숴 다른 형태의 원소로 바꿀 수 있는… 원소 가공 공방. 공기를 수십 조각의 작은 공기, 수소로 나누고 그것을 다시 합쳐 어떠한 원소로도 변형시킬 수 있는. 바움은 이 별의 흙과 바위를 부숴 사람들이 숨쉴 수 있는 신선한 공기와 맑은 물로 바꾸고 있는 거지."

"마법……."

에바나가 짤막히 입을 열었다. 윈델이 그녀의 말에 고개를 끄덕였다.

"바로 그거야. 우리가 쓰고 있는 마법이라는 것도 같은 원리야."

엘베룬은 한때 책, 즉 양자의 길을 손에 넣었던 사람이다. 양자의 길을 가지고 있으면 세계의 지식이 흘러들어 온다. 윈델의 머릿속에 새겨지던 글귀들 중 일부는 책의 내용이었지만, 제멋대로 흘러서 들어온 것들도 있었다.

엘베룬이 가지고 있는 지식은 그런 것들이 대부분이었다. 하지만 운터바움의 어떤 사람보다도 많은 지식을 가지고 있다.

에바나가 윈델의 말을 마법이라고 느낄 때, 엘베룬은 어렴풋하게나마 그 이야기를 이해할 수 있었다.

"그런데 그 이야기를 왜 하는 거지?"

윈델에게 엘베룬이 물었다. 엘베룬의 모습은 다시 한 번 바뀌어 있었다. 이제 그는 예순이 넘은 노인이 되어 있었다.

"바움은 무엇을 공기와 물로 바꾸었을까?"

"붉은 모래."

엘베룬이 짤막히 답한다. 그 증거라도 되는 양 바움의 묘목이 심겨져 있는 화분에는 붉은 모래가 가득했다.

윈델이 고개를 끄덕인다.

"맞아. 그렇게 만들어진 물과 공기는 바움의 가지 아래 100퍼센트 머물러 있어야 해. 하지만 바움은 저주받았지. 지나치게 거대해져 그 효율이 97퍼센트 선까지 떨어졌어."

엘베룬이 윈델에게 물었다.

"나머지 3퍼센트는?"

"별 밖으로 사라지고 있어."

"역시… 바움은 지나치게 커진 게 맞아. 그렇기 때문에 나는 여기서…….."

"발할라를 만들고 있지. 그럼 다시 묻지. 그 발할라라는 것에 몇 명이나 탈 수 있지?"

엘베룬이 입을 다물었다. 정곡을 찔린 모양이었다. 에바나가 한 걸음 앞으로 나섰다.

"할 수 없어요. 우리들의 능력으로는 이 세상 사람 모두를 태울 만한 배는 만들 수 없으니까요. 그래서 우리는 유토피아를 조직해 한 명이라도 더 많은 사람을 각성시켜…….."

엘베룬이 에바나의 말을 막았다.

"28만 명. 내 설계가 완벽하다는 전제하에 그 정도의 사람과 함께 엑소더스에 오를 수 있네."

"이동형 바움을 만들고 있군. 그 모두를 배 안에 수용할 수 있을 리는 없으니."

"그래. 이런 상황에서 말하기는 이상하지만 어떤가? 함께 대탈주를 준비하지 않겠나? 자네도 그럴 생각으로 여기에 온 것 아닌가?"

유토피아의 총수, 엘베룬이 손을 내밀었다. 윈델이 물끄러미 그를 보았다.

"당신의 도움이 필요한 것은 사실이지만. 대탈주 따위는 하지 않아."

"어째서지? 너도 바움의 비밀을 알고 있을 텐데."

"아까 이야기했을 텐데. 바움은 만들어내는 공기와 물의 3퍼센트를 별 밖으로 잃어버리고 있다고."

"그 정도야……."

윈델이 엘베룬의 말을 끊었다.

"이 별은 벌써 30퍼센트의 질량을 잃어버렸어. 가지가 무게를 이기지 못하고 무너져 내릴 것을 걱정해 운터바움을 떠나 외해로 가려는 모양인데… 도망쳐 도착한 곳도 유토피아는 아닐 거야."

윈델의 말뜻을 이해하려 엘베룬은 입을 닫았다. 하지만 윈델은 스무고개 놀이를 할 생각은 없었다.

"바움이 뿌리 내린 땅 그 자체가 사라질 거라고."

"우리가 살 땅은… 더 이상 남지 않았다는 건가?"

윈델이 고개를 끄덕였다.

"이 별은 오래잖아 붕괴될 거야."

두 사람의 대화를 지켜보던 에바나는 도무지 믿을 수 없다는 얼굴을 했다. 처음 바움이 무너질 거라는 이야기를 들었을 때, 그것을 믿기까지 상당한 시간이 필요했다. 세계를 뒤덮고 있는 나무가 나이를 너무 먹어 쓰러질 것이라는 말을 어느 누구가 금세 믿을 수 있을까?

그런데 이제는 그 단위가 하나 커졌다. 끝을 알 수 없는 대지 그 자체가 사라질 것이라고 말한다.

"그건… 말도 안 돼요."

에바나가 간신히 목소리를 짜냈다.

"바움은 비록 늙어서 자신의 일을 해낼 수 없게 되었지만 본래 인간들에게 물과 공기를 주기 위해 태어난 선량한 존재잖아요."

윈델이 그녀를 보며 말했다.

"바움에게 어떤 일이 일어났는지는 모르겠지만 지금 그것을 선량하다고 말하기는 힘들어."

그리고 엘베룬에게 고개를 돌린다.

"어때, 내 말을 믿어보지 않겠어? 당신도 한때 책이었던 사람이잖아. 이 세계의 어느 누구보다도 내게 도움이 될 것 같은데."

엘베룬이 신음을 삼킨다. 빙 몸을 돌려 등을 보였다 다시 앞모습으로 돌아왔다. 구불거리는 금발에 나이는 이제 삼십 대 초반쯤으로 보이는 남자가 그곳에 서 있었다.

유토피아의 간부들만 알고 있는 엘베룬의 본래 모습이었다.

"원래는 내가 자네를 끌어들이려 했는데… 그러기 위한 비밀 무기도 손에 넣었고."

윈델이 고개를 갸웃한다.

"비밀 무기?"

"비밀 무기. 좋아, 그럼 자세한 이야기는 간부들과 함께하도록 하지. 어서 오게, 유토피아에!"

윈델은 엘베룬의 청에 머리를 주억거리며 그 뒤를 쫓았다.

최후의 격벽이 열리고, 그 아래 펼쳐진 공간이 윈델의 눈에 가득 찬다.

2

유토피아의 본거지는 프라우밀 성의 지하에 있었다. 프라우밀 성은 단단한 암석층 위에 자리 잡고 있었다. 성으로서는 올바른 선택이었다.

하지만 단단한 것은 늘 부러지게 마련. 암석층에도 균열은 있었다. 그 바위가 집채만 하다면 사람 하나가 들어갈 균열이, 한편 도시를 세울 만큼 거대하다면 성이 들어설 만큼 클 터.

유토피아가 깃든 곳은 그런 바위 균열 안이었다. 크기는 프라우밀 왕성 자체가 거꾸로 처박히고도 남을 정도였다.

"휘유, 이런 공간일 거라고는 상상도 못했는데?"

윈델이 휘파람을 분다. 계곡 같기도 하고, 홀 같기도 한 이 지하의 공동은 수백, 수천의 횃불로 촘촘히 불을 밝히고 있었다. 그럼에도 밝은 부분은 극히 일부뿐이었다.

엘베룬이 말했다.

"나는 프라우밀 출신이거든. 내가 정확히 몇 살을 먹었는지는 잘 모르겠지만. 책이 되고 또 책을 잃으며 기억의 일부가 사라졌거든. 하지만 어째서인지 이 지하공간만큼은 선명하게 기억에 남아 있었어. 유토피아의 기반을 이곳에 세운 것도 우연은 아니지."

윈델이 고개를 끄덕이고 주변을 살핀다.

"우연은 아니군. 저곳을 봐. 전투의 흔적이 남아 있잖아. 여기는 아마 엠베르크가 잠들어 있던 곳일 거야."

윈델의 손끝이 가리킨 곳에는 채찍 같은 것에 할퀴고 파인 바위벽이 있었다. 그 채찍이라는 것이 지름 10미터는 될 듯한 거대한 것이라는 전제하에.

"역시……."

에바나가 말한다.

"그런데 아까부터 자꾸 전대의 책이라고 말하는데… 그렇다면 총수가 예전에 파괴자였다는 건가요?"

윈델이 엘베룬의 눈치를 살폈다. 하지만 엘베룬은 개의치 않는다는 표정으로 부하의 물음에 답했다.

"그렇게 오랜 일은 아니야. 내가 책을 잃고 얼마 지나지 않아 다시 책을 찾으라는 신탁이 내렸으니까. 내가 책을 처음 손에 넣은 건 지금으로부터 15년 전쯤이 되나?"

"거짓말! 총수는 그럼 이 세계를, 운터바움을 파괴하려 했던 건가요?"

"그럴 리가! 지금의 나를 보면 모르겠어? 지금 우리가 하고 있는 게 운터바움의 파괴야?"

"아뇨! 오히려 구원이죠."

에바나는 이렇게 말하며 윈델에게 눈을 돌렸다.

"그럼 이 사람이 지금의 파괴자? 하지만… 지금의 파괴자는 세베리아 뷔렛이라는 여자일 텐데요."

"그런 얘기는 차차 하기로 하고, 에바나는 먼저 가서 간부들을 소환해 주겠어?"

엘베룬의 말에 에바나가 고개를 숙였다.

"알겠습니다."

그녀는 바람처럼 달려 바위틈 협곡으로 모습을 감추었다.

에바나가 사라진 후, 엘베룬과 윈델 사이에는 잠시 침묵이 내려앉았다. 사이에서 윤활유 역할 같은 것을 하고 있던 여자가 사라진 탓이었다. 하지만 다행히 곧바로 다음 화제를 찾을 수 있었다.

"저거군!"

윈델의 눈에 계곡의 하단부가 들어왔다. 그리고 금속으로 쌓아올린 금속의 배 같은 것이 보였다. 아직 표면의 색은 칠하지 못한 듯, 거친 은색과 검은색으로 모자이크되어 있었지만, 외양은 거의 완성되어 있었다.

길이가 300미터에 폭은 30미터가량으로, 폭 좁은 배와 비슷했지만 갑판과 돛 따위는 없었다. 갑판 위도 선저와 마찬가지로 유선형의 덮개가 덮여 있다.

"발할라…… 용케도 저기까지 건조했네."

윈델의 경탄에 엘베룬은 자랑스럽다는 듯 어깨를 으쓱했다.

"자네 덕분이기도 해."

"나?"

윈델의 되물음에 엘베룬이 천천히 답했다.

"하나는 천재적인 소환술사를 발굴해 준 것. 그리고 또 하나는 자네가 날뛴 덕분에 유토피아에 동참하는 동지가 제법 늘었다는 점에서였지."

후자는 그렇다 치고, 윈델은 전자의 이야기에 고개를 갸웃했다.

"천재적인 소환술사?"

엘베룬이 고개를 끄덕한다.

"그래. 쓰레기산 출신이라고 하더라고. 그래서일까? 매질에 대한 이해 폭이 남달라서 불과 5년 만에 어느 마법사보다도 뛰어난 실력을 갖추게 되었어."

윈델이 깜짝 놀랐다.

"설마?!"

"그 설마야."

"요나가 이곳에 있다고?!"

윈델은 엘베룬의 말에 지난날이 새록새록 떠올랐다. 책을 얻은 직후 혼란스럽고 또 고생스러웠던 그 시간을, 잠깐이나마 같이 보냈던 소녀의 모습이.

윈델은 종종 그녀에게 미안스러운 감정이 들었다. 결과적으로는 케임델 성에 그녀를 버려둔 꼴이 되었으니까.

"그래. 원래대로라면 자네를 꾀어낼 미끼가 되어주었을 테지만. 저런, 양반은 못 되겠네."

엘베룬이 손짓을 하고 윈델이 그쪽으로 눈을 돌렸다.

윈델은 먼 곳에서 손을 흔들며 다가오는 여자를 보며 깜짝 놀랐다. 기억이 맞는다면 그녀는 올해로 열다섯 근처가 되었을 테다. 연두 빛 머리칼에 푸른 눈동자 그것까지 기억과 일치한다.

"아름답지?"

엘베룬이 웃으며 묻는다. 윈델은 자신도 모르게 그렇다고 답할 뻔했다.

"정말 그녀가 쓰레기산 출신인가? 뭐, 귀족 가문에서도 그곳에 아이를 많이 버린다고 듣긴 했지만 저 정도 아름다움이면 왕족쯤 되려나?"

엘베룬의 과장 섞인 말에 윈델은 쓴웃음을 지었다. 살랑살랑 뛰어오는 미소녀를 보며 윈델은 어떻게 그녀를 맞이해야 할지 갈피 잡기가 어려웠다.

세 걸음, 두 걸음, 어느새 요나가 지척으로 다가왔다. 그녀는 주저 않고 윈델의 품 안으로 뛰어들었다. 윈델은 그녀를 안아주어야 하나 하는 생각에 어정쩡하게 팔을 들었다. 하지만 이렇게 다 큰 소녀를……

그 짧은 고민에 해답이 내려진다.

퍼억—

명치에 주먹이 꽂혔다.

"야! 이 못된 X새X야! 코흘리개 어린애 혼자 성에 내버려 두고 처자빠져 잠이 왔냐?!"

로 시작된 육두문자가 윈델의 무정함을 질책한다는 줄거리를 장식해 쏟아져 나왔다. 윈델은 마지막 한 조각까지 기억해 냈다.

이 여자, 어휘구사가 제법…….

엘베룬은 두 손가락으로 좌우 귓구멍을 막았다. 소리가 들리지 않으니 요나의 애절한 표정이 제법 그림이 나온다만.

윈델은 그럴 수도 없어 그저 요나의 주먹질과 욕지거리를 담뿍 맛봐야 했다.

재회의 시간이 끝나고, 어느 정도 진정이 된 건지 요나의 입에서 육두문자가 멈추었다.

"어떻게 지낸 거야?! 나는 유토피아에서 마법을 배우고 있었어. 나 이제 제법 마법 잘해. 아저씨가 얘기한 대로 쓰레기산 출신이라 그런지 다른 사람들이 마법에 소질이 있다는 말도 많이 해줬고."

"나야 뭐. 이런저런 일이 워낙 많아서 한마디로 답하기도 힘들어. 잘 지냈다니 다행이야."

요나는 윈델을 보는 순간 무언가 마음속의 응어리 같은 것 하나가 풀려 나가는 것 같았다. 불과 며칠을 같이 지낸 사이였지만, 요나에게 윈델은 결코 지나가는 인연 같은 게 아니었다.

쓰레기산을 벗어나게 해주고, 새로운 세계와 만날 수 있는 교량이 되어주기도 했다. 요나에게 윈델이 특별한 것은 너무나 당연한 일이었다.

그 윈델이 자신을 잊지 않고 있다. 그것만으로도 요나는 가장 큰 걱정거리 하나를 덜 수 있었다.

"아무튼 건강하게 지냈다니 다행이야. 걱정했는데."

"얼마나?"

요나가 윈델의 말에 되묻고, 윈델은 일순 말이 막혔다. 솔직히 말하자면 지난 5년간은 요나에 대해 거의 생각하지 않았다. 심지어는 세베리아조차 종종 머릿속 한편에 두고 책에 파묻혔다.

요나의 표정이 다시 일그러졌다.

"이게……."

"많이 생각했어."

"거짓말!"

요나가 다시 진정한 것은 그 후로도 제법 시간이 흐른 후였다.

3

"터무니없는 소리!"

쩌렁쩌렁한 노인의 목소리가 회의장에 울렸다. 앉은키도 다른 사람들보다 머리 하나 더 있는 덩치 큰 노인이 잡아먹을 듯한 눈으로 윈델을 쏘아본다.

윈델이 표정 변화 없이 유토피아의 총군사 이고렙의 시선을 마주했다. 보는 것만으로도 위압감이 느껴지는 이고렙이었지만, 상대를 잘못 짚었다. 이 세계의 끝에 갔다 온 윈델에게 운터바움의 인간들은 아무런 위협도 되지 못했다.

윈델에게 겁먹은 기색이 없자 이고렙의 기세가 오히려 한 풀 꺾였다.

"나는 믿지 못하겠소."

"무엇을 말이지?"

윈델의 물음에 이고렙이 눈썹을 움찔거리며 답했다.

"이 대지 자체가 무너져 사라질 것이라는 말 말이네."

"나는 신앙을 이야기한 것이 아닌데?"

믿고 믿지 않고가 아니었다. 윈델은 사실을 이야기하고 있었으니까.

"그렇지만 어떻게……."

엘베룬이 이고렙의 말을 막았다.

"군사는 잠시 그의 이야기를 더 들어보지그래?"

이고렙이 입을 다문다. 윈델의 말이 이어졌다.

"정확히 언제 멸망한다, 이렇게 말할 수는 없어. 하지만 이미 이 별은 멸망의 초입에 들어갔어. 올림푸스 화산의 분화도 잦아지고 있고……. 바움이 이 별에 뿌리 내리고 있는 이상 멸망의 초읽기는 더 빨라질 뿐이야."

유토피아 집단에서 머리 쓰는 일은 총수 엘베룬과 군사 이고렙이 전담하고 있었다. 다른 간부들은 윈델의 말에 신음을 삼키며 두 사람의 얼굴만 바라보았다.

간부회의에 참가해 있던 요나가 윈델에게 물었다.

"그 거짓말 같은 얘기가 사실이야?"

"물론."

"그럼 어떻게 해야 해? 발할라를 이용해 운터바움 밖으로 도망친다 하더라도 소용없는 일이잖아."

"운터바움을 지금 당장 파괴해 더 이상 별을 삼키지 못하게 한다면 멸망의 속도를 더디게 할 수는 있을 거야. 하지만 수십 년의 수명이 수백 년으로 늘어날 뿐일 거야. 그래서 이렇게 도움을 청하고 있는 거고."

윈델은 요나에게 하던 이야기를 유토피아의 간부 전체에게로 돌렸다.

"나는 지금부터 뭔가를 만들려고 해. 그게 뭔지는 차차 설명해 즈겠어. 워낙 거대한 건축물이라 세상 사람들 모두가 그것에 대해 알게 될 거야."

윈델이 잠시 말을 멈추며 엘베룬을 본다.

"당연한 이야기지만 그것이 완성된다면 이 땅 위에 살아 있는 모든 것들을 구할 수 있을 거야."

"…단 하나도 남김없이?"

엘베룬이 묻고 윈델은 고개를 끄덕였다.

"단 하나도 남김없이."

"내 지식이 닿지 않는 곳의 이야기로군."

엘베룬은 짤막하게 한숨을 내쉰다.

"당신의 몸 안에는 양자의 길이 남아 있을 테니 필요한 '지식'을 전해줄게. 받아들이고 나면 분명 내가 하는 이야기도 이해할 수 있을 거야. 아무튼, 유토피아에 부탁하려는 것은 공작활동이야."

간부들이 윈델의 이야기에 집중한다. 이고렙이 공작이라는 말에 눈썹을 움찔 움직였다. 유토피아가 가장 자신있는 분야였지만……

"어떤 공작을 말하는 것이지?"

이고렙의 물음에 윈델이 답했다.

"정확히 1년 후, 탑은 완성될 거야. 그 탑이 완성되는 그날 이 세계는 멸망할 것이라고. 살아남을 수 있는 유일한 방법은 단 하나, 엔스헤드의 숲으로 모이는 것뿐이라고."

이고렙은 입을 다물었다. 엘베룬이 물었다.

"왜 하필 그곳이지? 거긴 바움이 첫 뿌리를 내린 숲이잖아. 바움이 무너진다면, 가장 먼저 파괴될 곳인데……"

엘베룬의 말에 간부들이 웅성거렸다.

"함정 같은 것은 아니겠지?!"

한 간부의 물음에 오히려 요나가 쌍심지를 켰다.

"시끄러! 아저씨가 뭐하러 그런 짓을 해?"

그녀의 면박에 소리를 쳤던 간부가 꼬리를 말았다. 그사이,

윈델이 설명을 이었다.

"그곳은 바움의 몸체 안으로 이어져 있는 유일한 길이 있는 곳이야."

엘테룬이 윈델을 뚫어져라 바라본다. 그리고 그가 말한다.

"설마, 바움을 발할라로 삼을 셈인가?!"

윈델은 그 말에 빙긋 미소를 지었다. 긍정도, 부정도 하지 않은 채.

엘베룬은 윈델의 말을 따르기로 했다. 엘베룬의 뜻은 곧 유토피아의 뜻. 윈델은 유토피아에 며칠 더 묵으며 구체적인 계획안과 자신의 지식 일부를 마법사들에게 전수해 주었다.

처음 반신반의했던 유토피아의 간부들은 윈델의 마법과 지식을 마주한 후 마음을 굳혔다. 특히 어느 누구보다도 엘베룬의 변화가 컸다. 윈델은 엘베룬의 몸 안에 남아 있던 양자의 길 흔적을 부활시켰고, 그 안에 지식을 불어넣었다.

윈델이 다시 유토피아를 떠나는 날, 엘베룬을 비롯한 간부 몇 명은 비밀 주점 입구 근처까지 그를 배웅했다.

"덕분에 나도 오래간만에 중노동에 시달리게 됐군."

원망인지 인사인지 모를 엘베룬의 말에 윈델이 미소 짓는다.

"그 '지식'을 얻을 수 있는 것은 우리들 양자의 길을 가진 사람뿐이니까."

"쩝……."

엘베룬이 입맛을 다신다.

"아무리 그래도 발할라의 표면을 전부 세실리파의 칼날로 뒤덮으라니. 아니 '백화 티타늄 탄소강화 합금'인가?"

"설계도 원형대로 만들 수 있게 해줬다고 고마워해야 할 텐데?"

윈델의 말에 엘베룬은 고개를 절레절레 저었다. 앞으로 1년, 쉴 새 없이 세실리파의 칼날을 소환해야 한다.

"아 참, 양자의 길 말인데… 이 세상에 에르시안, 아니, 어시안이라고 했던가? 그 지식을 가지고 있는 것은 나뿐이 아니야."

엘베룬의 말에 윈델이 귀를 종긋 세운다.

"내가 아직 살아 있는 것으로 보아 내 전에 책이었던 사람들도 몇쯤은 살아 있을 가능성이 있어. 그중 하나로 의심 가는 사람이 있는데……."

"실은 나도 그렇게 생각해."

"이미 눈치채고 있었군그래."

엘베룬의 말에 윈델이 고개를 끄덕거렸다.

"어쩌면 우연히 고대의 지식을 습득한 것인지도 모르지만, 그도 지난 시대의 '책'이었다고 생각하는 편이 자연스럽겠지."

엘베룬이 말했다.

"얼마나 오래전부터 책과 엠베르크, 그리고 바움 사이의 싸움이 있어왔는지는 모르겠지만 그 틈바구니에서 살아남은 사람이 어쩌면 상당히 많을지도 몰라."

엘베룬의 이 말에 윈델은 으음, 하고 신음을 뱉었다.

"이 세계, 운터바움이 만들어진 것이 어쩌면 우리가 알고 있는 것보다 그리 오랜 옛날이 아닐지도 몰라."

윈델의 말에 엘베룬이 동감을 표했다.

"나도 바움 신이 이야기하는 것처럼 긴 시간은 아닐 것 같아."

윈델이 고개를 젓는다.

"그 정도가 아니라… 그보다 훨씬 짧은, 엔스헤드도 기록이 손상되어 정확한 시간 흐름을 알 수 없다고 하니 답은 바움 본인밖에 모르겠지만 만약 내 생각이 맞는다면 우리에게 주어진 시간은 훨씬 짧을 거야."

윈델의 말에 엘베룬이 고개를 무겁게 끄덕였다.

"그럼 바벨은 자네가 맡아주게."

"맡겨둬."

윈델이 답하며 몸을 돌렸다. 그때 그의 곁으로 쪼르르 다가와 나란히 서는 사람이 있었다. 그는 다름 아닌 요나였다.

"그럼, 나도 같이."

"그……."

요나가 윈델의 말을 끊었다.

"말리지 마. 예전처럼 어린아이가 아니야. 무능하지도 않고."

윈델은 반박할 말이 없었다.

엘베룬이 윈델 곁으로 다가와 나지막이 말했다.

"5년간 자네를 기다렸어. 매정하게 차버리지 말게나. 하하."

윈델이 요나를 새삼 바라보았다. 요나가 빙그레 웃었다. 그런 그녀의 입에서 나온 말은…….

"왜, 갑자기 발……."

"그만!"

말을 끊고, 윈델이 서둘러 걸음을 옮겼다. 요나가 유토피아의 사람들에게 손을 흔들고 그의 뒤를 쫓았다.

유토피아의 본거지인 주점 '푸른 곰'을 빠져나오며 요나가 윈델에게 물었다.

"어디로 가는 거야? 혹시 엠베르크를 깨우러 가려는 거야?"

"엠베르크에 대해서도 기억하고 있는 거야?"

"기억이라기보다는, 이래 봬도 유토피아의 간부야. 세상 물정 모르던 꼬마가 아니라고."

"아차, 그렇지."

윈델은 요나에게 사과의 제스처를 취하며 말을 이었다.

"엠베르크는 나중에. 지금 섣불리 깨워봤자 바움의 견제만 받게 될 거야. 엠베르크가 깨어나지 않는 한 바움은 적극적으로 인간의 일에는 개입하지 않을 거야."

"그래?"

"몰라, 내 예상일 뿐이야. 바움은 책보다는 엠베르크를 두려워하고 있어. 보다 직접적인 위협이라 그런지 모르겠지만."

"그럼 어디에 가겠다는 거야?"

성질 급한 그녀가 거듭 묻고, 윈델은 짤막하게 답했다.

"세베리아에게."

요나의 표정에 불편한 기색이 스쳤다. 5년 전에도 윈델은 그저 입만 열면 세베리아였다.

"또……."

볼멘소리를 내던 요나가 표정을 바꾸었다.

"그녀라면 지금 성지 바이할에 있어."

윈델은 찰나간에 스친 그녀의 감정을 읽지 못했다.

"알고 있어."

요나가 밝은 목소리로 묻는다.

"그녀에게는 뭘 부탁할 생각인데?"

"응? 아, 일단은 책을 넘겨줘야지. 약속이기도 하고."

"책을?"

요나가 되묻고 윈델은 고개를 끄덕였다.

"응. 엠베르크를 제어하는 역할은 그녀에게 맡길 생각이
야. 나는 다른 일 때문에 바쁠 것 같으니까."

"다른 일이라면… 바벨?"

"그래."

요나가 윈델의 웃옷 팔꿈치를 꾹 움켜쥐었다.

"바벨의 완성, 나도 도울 거야."

"응? 그래. 그럼 고맙지. 무지막지하게 많은 매질을 소환해
내야 해. 계산대로라면 높이가 1킬로미터는 되는 탑일 테니
까."

요나가 자신의 팔뚝을 내보인다.

"믿어봐. 그동안 갈고닦은 마법 실력, 확실히 보여줄게."

"알았어. 부탁해."

짤막한 대화를 끝내고 윈델은 서북쪽으로 방향을 잡았다.
요나가 이상하다는 듯 묻는다.

"바이할 요새로 가려면 케임델 성으로 가야 하잖아. 이쪽
이 아니라."

"음? 아, 그건 돌아가는 길이고."

"그야 그렇지만, 이쪽은 마족의 땅이잖아."

요나의 말에 윈델이 빙그레 웃었다.

"뭐 그들에게도 볼일이 있으니까, 한 번에 해결하면 편하지."

요나는 윈델의 자신만만한 태도가 믿음직스럽게도 느껴졌지만 한편으로는 불안감이 아예 없지 않았다.

한발 앞서 걷는 윈델의 뒤를 쫓았다. 요나는 복잡한 생각들을 머리 한편으로 치웠다.

지금은 그저 즐기기로 마음먹었다. 그를 독점할 수 있는 이 시간을.

4

윈델은 진짜로 그림자 진 땅을 무작정 걸어 들어갔다. 솜씨 좋은 마법사라 칭찬 받아 어느 정도 전투에 자신이 붙은 요나였지만 바움의 그림자에 들어서는 순간 등골이 오싹했다.

"정말 괜찮을까?"

망토를 움켜쥐며 요나가 등에 바짝 붙었다. 윈델이 그녀에게 빙그레 웃음을 지어 보인다. 안심하라는 뜻에서였다.

"괜찮다니까. 이렇게 말하면 건방지게 들릴지 모르겠지만,

나는 운터바움 전체가 싸움을 걸어온다 하더라도 두렵지 않아."

"책… 이라서? 하지만 총수는 그렇게까지 대단하지 않던데."

"책일까? 아니, 책이 없더라도 마찬가지야. 운터바움의 진지(眞知)를 얻은 상대가 아니고는 두렵지 않아. 이 세상에서 내가 무서워하는 상대가 있다면 오직 하나, 미르쥬크뿐이야."

요나는 그 이름을 처음 들었다.

"그게 누군데?"

"나와 마찬가지로 이 세계의 참모습을 아는 유일한 사람. 나 따위와는 비교도 되지 않을 정도로 많은 것을 알고 있어."

"대현자… 같은 건가?"

"굳이 표현하자면."

윈델은 하늘을 올려다보았다. 아직은 '달'이 뜨는 시간이 아니었다. 미르쥬크가 머무르고 있는 그 인공위성은 지금 화성의 뒷면을 살피고 있다. 그것이 인공위성 '룬'의 역할이다.

"참고로 지금 정확히 732명의 쉐도우 엘프들이 우리를 포위하고 있어."

갑작스러운 윈델의 말에 요나가 주위를 살폈다. 하지만 보이는 것이라고는 짙푸른 녹음뿐이었다.

윈델이 목청을 높인 것이 바로 그때였다. 요나는 이해할 수 없는 언어가 숲 안에 퍼져 나갔다.

"엘 피라 도르테 쿰 페이 바움."

윈델의 말은 이러했다.

─바움 신의 말을 가지고 왔다.

요나의 눈앞에 갑자기 한 사람이 모습을 드러냈다. 키가 2미터는 족히 될 듯한 여자였다. 푸른 피가 흐르는 쉐도우 엘프의 전사였다.

간소한 복장에 긴 창, 그리고 짧은 활을 어깨에 걸친 그녀의 모습에 요나는 자신도 모르게 위축되었다.

"인간과는 대화하지 않는다."

쉐도우 엘프 여전사가 짤막히 말한다. 그녀에게 윈델이 말했다.

"블라우 바움킨더를 만나고 싶다."

여전사가 눈을 찌푸렸다.

"…어떻게 인간이 바움킨더의 이름을 알고 있지?"

"그녀를 만나게 해준다면 어느 누구도 다치지 않게 하겠다."

여전사는 눈을 가늘게 뜨며 윈델을 내려다보았다. 입술이 비틀리더니 웃음을 터뜨린다.

"하하하! 건방지구나! 인간 아이야, 우리 쉐도우 엘프들은

어느 누구도 두려워하지 않는다!'

하지만 그녀가 낸 비웃음의 메아리가 채 잦아들기도 전에 수백 명의 쉐도우 엘프들이 숲 사이에서 느릿느릿한 걸음으로 빠져나왔다. 좁은 숲 사이의 공터가 뭔가에 쫓겨 나온 전사들로 가득 찼다.

그들의 지휘관인 여전사가 찡그린 얼굴로 외쳤다.

"어째서 자신의 맡은 구역을 이탈한 것인가! 어서 물러나라!"

하지만 그녀의 말에 따르는 쉐도우 엘프는 단 하나도 없었다. 그 대신 그들은 손짓으로 자신의 목젖을 가리켰다.

여전사가 그들의 손끝을 보았다. 어두운 숲 안을 고향 삼은 덕에 발달된 시력으로도 그들을 조종하고 있는 것을 발견하는 것이 쉽지 않았다.

실 같은 은색의 침.

731명에 이르는 쉐도우 엘프들을 제압하고 있는 것은 목젖 앞의 작은 침이었다.

지휘관 여전사가 화를 내며 창을 휘둘러 가장 가까운 곳에 있던 부하의 목 앞에 떠 있는 침을 창끝으로 후려쳤다.

그 순간, 지휘관은 창끝으로 바윗덩어리라도 찌른 듯한 충격에 두 손이 저려왔다. 입김에도 날아갈 것 같은 가는 침이 온 힘을 다한 일격에 미동조차 하지 않는다. 오히려 창끝이 찌그러져 못쓰게 변해 버렸다.

그 여전사가 윈델을 노려봤다. 저 많은 침을 소환해 제어하고 있는 것이 정말 이 별 볼일 없는 남자란 말인가?!

"정체가 뭐냐?"

"블라우 바움킨더를 만나게 해줘. 그럼 모든 것을 이야기하겠어."

윈델은 사실 고위 엘프라면 어느 누구라도 상관없었지만, 어쨌든 인연이 있는 사람을 만나 일을 처리하는 것이 쉬울 것이라는 생각에 블라우의 이름을 계속 언급했다.

요나가 윈델에게 작은 목소리로 물었다.

"그게 누군데?"

"너도 만난 적 있어. 세실리파 칼날로 만들어진 단검과 투명 망토를 뺏은 상대야."

"아!"

요나가 짤막한 탄성을 냈다.

쉐도우 엘프의 지휘관이 마음을 정한 모양이었다.

"접견은 건의해 보겠다. 하지만 성립 여부는 내가 정할 수 없다."

"알았어. 쉐도우 엘프 일족 모두의 목숨이 걸린 일이라고 전해줘."

여성 지휘관이 윈델을 쏘아본다. 그따위 망발로 우리를 겁

주려 하다니, 하는 눈빛이었다. 하지만 그 강렬한 눈빛은 마지막에 가볍게 떨렸다. 어쩐지 윈델의 말이 가볍게만 들리지 않았다.

"철수한다! 바움킨더 회의의 명령을 따르기로 하자!"

지휘관의 말이 끝나기가 무섭게 쉐도우 엘프들을 겨누고 있던 철침이 어디론가 모습을 감추었다. 쉐도우 엘프들은 후두 언저리를 어루만지며 어쩔 줄을 몰라 했다.

"뭐하나! 철수다!"

다시 한 번 지휘관의 명령이 떨어지고 나서야 그들은 짙은 녹음으로 모습을 감추었다.

일개 부대의 쉐도우 엘프들이 모습을 감추고 나서야 요나는 길게 한숨을 내 쉬었다.

그리고는 새삼 윈델을 올려다본다.

"거짓말이 아니구나!"

"응? 뭐가?"

"세계를 상대로 싸울 수 있다는 게."

"아아, 내가 뭐하러 거짓말을 해."

"응? 나를 어떻게 해보려는 허풍 아냐? 제로나 할멈이 그랬어, 남자들은 으레 그렇다고."

오랜만에 듣는 요나의 말투에 윈델은 풋, 웃음을 터뜨렸다.

윈델과 요나는 꼬박 사흘 동안 북서쪽으로 걸음을 옮겼다. 금방이라도 다시 공격해 올 것 같던 쉐도우 엘프들은 요 사흘 동안 코빼기도 보이지 않았다.

"지치지도 않아?!"

요나의 볼멘소리에 윈델이 걸음을 멈췄다.

이곳은 그림자 진 땅. 인간들의 세계인 해 든 땅과는 모든 것이 달랐다. 자라는 수목의 종류, 그리고 무엇보다 보이는 모든 것의 색감이 우중충하다.

요나는 이 우울한 곳을 쉴 새 없이 걷다 보니 기분까지 가라앉았다.

"쉬었다 갈까?"

"응. 힘들어."

"알았어."

윈델은 주변에 쉴 만한 곳이 없나 살펴보았다. 마침 평평한 돌들이 옹기종기 모여 있는 장소가 눈에 띄었다.

"저기서 쉬자. 간단히 밥이라도 먹고 가지 뭐."

요나의 표정에 환한 불이 들어온다.

"찬성!"

당장에라도 죽을 듯 비틀거리던 그녀가 갑자기 펄펄 난다. 윈델은 그 모습에 미소를 지었다.

너럭바위 주변에 점점이 의자 같은 돌들이 놓여 있는 곳에 윈델과 요나가 자리를 잡았다. 요나는 그곳에 앉아 하늘로 눈을 돌렸다.

"하늘색이… 이상해."

"그늘진 땅이니까."

채도가 낮은 녹색이 하늘에 장막 치고 있었다. 태양은 흐릿하게 윤곽만 간신히 보였다. 아마 이곳에서 달은 보이지 않을 듯했다. 달에서는 지상의 모습을 속속들이 볼 수 있었지만.

"왜 바움은 인간을 만들고, 쉐도우 엘프를 만들었을까?"

윈델이 중얼거리는 말에 요나는 어깨를 으쓱했다.

"글쎄. 그냥 만들고 싶었나 보지."

"그냥? 그럴지도 모르지만… 바움은 이곳에서 무얼 하고 싶었던 걸까? 정말 신 놀이라도 하려던 걸까?"

요나가 윈델의 말에 대꾸한다.

"내가 바움이라 하더라도, 그렇게 했을 것 같아."

"응?"

"바움은… 아저씨의 이야기에 따르면 이 별에 혼자 남겨진 거잖아."

"혼자, 라고?"

요나가 고개를 끄덕거렸다.

"혼자잖아. 원래 바움은 인간들이 살 수 있는 환경을 만들기 위한 기구 같은 것이었다면서. 바이오스피어인가 뭔가."

"맞아."

"그런데 갑자기 인간들이 떠난 거야. 바움은 내버려 둔 채로. 바움에게 감정이 있는지 어떤지 모르지만 외로웠을 것 같아."

"단지 외롭기 때문에 인간을 만들었다고?"

"외로움을 못 견디는 성격이었나 보지."

요나의 결론은 단순했지만 오히려 윈델의 마음에 와 닿는 바가 컸다. 논리적인 어떤 이유가 있어서라기보다는 단순히······.

"그럼 어째서 인간이 자신을 섬기게 만든 거지? 본래 바움이 인간을 섬기고 있었잖아."

"그게 억울했나 보지."

요나가 한마디로 윈델의 질문을 정리했다. 윈델은 쓸쓸레한 미소를 지었다. 정말 그런 이유만으로 인간을 만들고, 그들 앞에서 신의 시늉을 한 걸까? 그리고, 쉐도우 엘프를 만들어······.

윈델의 고민이 멈췄다.

"왔네."

요나가 고개를 갸웃거렸다.

"뭐가?"

"뭐겠어."

여전히 이해할 수 없다는 얼굴로 요나는 커다란 눈만 깜빡거렸다. 하지만 그 순간, 갑자기 윈델의 목 앞에 한 줄 단검의 날이 생겨났다.

요나는 그 모습을 보는 순간 낯이 익다고 생각됐다. 5년 전 윈델과 함께 다닐 때, 쉐도우 엘프의 암살자를 만났다.

그때의 암살자도 지금과 같이 투명 망토와 세실리파 칼날의 단도를 가지고 있었다.

윈델이 목에 칼을 겨눈 상대에게 말한다.

"너는 발전이 없구나."

비록 투명한 망토를 입고 있었지만 윈델의 눈을 가리지는 못했다. 지금 자신의 목을 겨누고 있는 것은 블라우 바움킨더였다. 그때보다 한두 살쯤 겉보기에 나이를 먹은 듯 보였지만.

"너는 누구지?"

망토를 벗지 않은 채 블라우가 물었다.

"무슨 말이야? 나를 죽이겠다고 두 번이나 찾아와 놓고."

"너를 죽이기 위해 내가? 네가 파괴자? 아니, 아니야. 내 기억 속의 파괴자는 여자인데."

"여자? 아, 이 세상에서 나는 사라진 사람이었지."

윈델은 엘베룬이 했던 말을 떠올렸다. 그러다 문득 요나를 보았다. 어떻게 그녀는 나를 기억하고 있는 거지? 그리고 과

거의 일까지.

엘베룬이 말했다. 요나는 자신을 포섭하기 위한 '비밀병기'라고. 엘베룬은 '바움의 흘씨'를 막을 수 있는 기술을 알고 있는 모양이었다.

"다시 묻겠다. 너는 누구지? 어떻게 바움킨더의 이름을 알고 있지? 바움킨더는 우리 쉐도우 엘프 일족만 알고 있는 비밀스러운 단어이다."

"잠깐, 너무 몰아붙이지 말아줘. 칼도 치우고."

윈델은 이렇게 말하며 뒤로 한 걸음 물러섰다. 투명 망토를 뒤집어쓰고 있던 블라우는 윈델의 목젖에 다시 한 번 칼끝을 들이댔다. 하지만 그 순간, 세실리파의 칼날이 크게 울렁거리며 바닥으로 주르륵 늘어져 버렸다. 뙤약볕의 엿가락처럼 늘어지더니 타원형 원반으로 변했다.

"뭐, 무슨 짓을……!"

블라우는 '세실리파의 칼날'이 변하는 모습을 처음으로 보았다. 그것은 태어날 때의 모습 그대로를 유지하는 것. 그것이 바움의 뜻이었고, 어느 누구도 그것에는 거스를 수 없었다.

세실리파의 칼날, 그 금속의 또 다른 이름은 신앙이었다.

블라우가 멍하니 녹아 흘러내린 세실리파의 칼날을 보았다.

"어떻게 한 거지?"

"마법."

윈델이 짤막하게 답한다.

"거짓말! 세실리파의 칼날은 변하지 않아."

블라우가 망토를 풀어 모습을 드러냈다. 큰 키와 푸른 피부가 그대로 드러났다.

요나가 블라우의 모습에 짤막히 탄성을 낸다.

"그때 그 쉐도우 엘프가 맞구나!"

블라우도 요나를 알아본 모양이다.

"파괴자와 함께 있던 여자아이!"

블라우가 다시 윈델을 본다.

"네가 정말 파괴자라고? 하지만 내 기억에는 분명히……."

"기억이 바뀌었으니까."

윈델이 짤막하게 말했다.

"그럴 리가 없다. 내 기억을 누가 바꾼단 말이지?"

블라우의 말에 윈델은 딴청을 피웠다.

"조금 따끔할 거야."

"무슨 말이지?"

그 순간 블라우가 아앗, 하며 관자놀이를 움켜쥐었다. 그녀의 긴 귀가 움찔거리며 파르르 떨렸다.

"무슨 짓을……."

블라우는 머릿속에 번개가 내리친 것 같은 충격을 받았다. '따끔' 이라는 윈델의 표현은 정말이지 가당치 않았다.

머릿속에 충격을 받은 직후, 블라우는 한차례 현기증을 느꼈다. 소용돌이 같은 것이 머릿속을 휘젓더니 속까지 울렁였다.

"내게 무슨 짓을 한 거지? 윈델 쿼렌스! 파괴자를 이 세계에 다시 불러낸 악당…… 어?"

갑작스러운 인식의 변화에 블라우는 당황했다.

"윈델, 맞아. 당신이야말로 신탁에서 언급된 진짜 악마야. 파괴자 엠베르크를 깨우고, 온 세계를 공포에 떨게 만든. 하지만, 아니, 그럼 세베리아는 누구지? 지금 파괴자라고 신탁 내려진 그녀는, 아! 그때 너와 함께 있던……."

하나둘, 모든 기억이 머릿속에서 폭발하듯 생각나고 또 뒤엉켰다.

"뭐야, 이게!"

블라우는 소리를 지르며 그 자리에 주저앉았다. 길게 늘어진 귀를 눌러 움켜쥐며 그녀는 머리를 무릎 사이에 처박았다.

"왜 저러는 거야?"

오히려 그 모습에 요나가 겁을 집어먹는다. 윈델의 뒤쪽으로 물러서 그의 망토를 움켜쥐고는 공황에 빠진 블라우를 바라보았다.

윈델이 말한다.

"기억을 되찾게 해주었을 뿐이야."

"거, 거짓말……. 이게 기억이라고? 환영이 아니라?!"

"기억이야."

"그럴 리가. 왜 두 가지 기억이 있고 또 서로 다른 거지?"

윈델은 지금 바움이 세뇌했다느니 하는 이야기를 해보았자 그녀의 지지를 얻기 어렵다는 것을 알았다. 블라우는 열두 명의 바움킨더 중 하나였다. 인간세계로 치자면 사제장이니 대사제니 하는 고위 사제 중 하나다.

조용히 윈델은 그녀가 스스로 판단을 내릴 때까지 기다리고 또 기다렸다. 흙탕물이 가라앉고 나면, 강바닥은 반드시 보일 테니까.

한참이나 머리를 감싸쥐고 있던 블라우가 이윽고 천천히 고개를 들어 올렸다.

윈델을 보고, 그 뒤에 숨어 있는 요나를 보았다.

이미 눈빛은 침착하게 가라앉았다. 일어나 같은 눈높이로 윈델에게 묻는다.

"설명을 들어볼까?"

윈델은 고개를 끄덕이며 천천히 이 세계에 얽힌 이야기들을 꺼내기 시작했다.

Chapter 23

바벨탑

Unterbaum

운터바움

1

블라우 바움킨더는 윈델의 이야기를 도무지 믿을 수 없었다. 열에 아홉이 비슷하고 하나가 다르면 딴죽을 걸 여지가 있다. 그런데 이건 열에 아홉이 틀려 버리니 어디서 어디까지 반론을 해야 할지.

"신은 없다. 신은 단지 고대인들의 도구에 불과하고, 제멋대로 운터바움을 창조해 피조물들을 다스리고 있다. 그런데 그 신이 지금 죽어간다. 신뿐 아니라 이 대지 전체가 죽고 있다. 그러니 도망쳐야 한다. 그런 얘기로 정리가 되는 것 같은데……."

블라우는 미간을 움켜쥐었다.

"거짓말도 정도 것이야 장단에 놀아주지!"

버럭, 갑자기 블라우가 소리를 지르고 윈델은 자신도 모르게 웃음을 터뜨렸다.

"외 웃는 거지?"

"아, 왠지 예상했던 반응이라서."

"…날 놀리는 건가? 나는 바움 신을 모시는 열두 바움킨더 중 한 명이야! 너희 인간 따위와 이렇게 대화를 나누는 것 자체가 부끄러울 지경이야!"

"그렇게 말할 것까지 없잖아!"

요나가 투덜거린다. 블라우는 요나를 무서운 눈으로 노려보았다. 하지만 악과 깡에서 요나가 밀릴 이유는 없었다.

"얼굴도 퍼러죽죽한 주제에 뭘 잘났다고 지껄이는 건데? 바움킨더인지 뭔지 잘난 척해봤자 지금 쉐도우밴에게 연전연패 중이잖아? 듣기로는 열두 명 중 세 명이나 죽었다던데?"

"무. 무엄하다!"

비톤 곧바로 소리를 쳤지만, 요나의 말은 사실이었다. 블라우는 말문이 막히고 말았다.

"요나, 상대를 설득하려고 하면서 오히려 신경을 건드리면 어떻게 해. 가만히 있어봐."

요나가 입술을 삐죽인다. 블라우는 고개를 푹 숙였다. 윈델이 다시 블라우에게 말했다.

"내 말을 일방적으로 믿어달라거나 하지는 않아. 하지만 좀 더 시간이 지나면 알게 될 거야. 그때, 약속의 그 땅으로 온다면 모두가 살아남을 수 있어."

"믿지도 않으면서 전 일족이 금지된 성지로 갈 이유가 없잖아?"

엔스헤드의 숲은 쉐도우 엘프와 다른 마족들이 단 한 명도 살고 있지 않은 그늘진 땅이었다. 윈델이 그 점을 떠올리고는 다시 말한다.

"어떻게 한다면 믿을 수 있겠어?"

"신을 모독하는 이야기, 누가 믿을까 봐?"

"그럼… 이렇게 하면 어떨까?"

윈델은 잠시 고민한 끝에 한 가지 제안을 떠올렸다.

"바이할 요새. 어때? 너희 쉐도우 엘프에게는 소중한 장소 중 하나일 텐데."

"…그곳은 신성한 네 성지 중 하나야. 어떤 희생을 치르더라도 되찾아야 할 곳이고."

"하지만 인간의 영웅들이 탄 슈탈리저를 이길 수 있는 방법이 없잖아?"

블라우는 윈델의 말에 긍정도 부정도 하지 않았다. 하지만 그 자체가 윈델의 말을 긍정하는 것이나 진배없었다.

잠시 침묵하던 블라우가 묻는다.

"방법이 있다는 거야?"

"내가 되찾아준다고."

"네가? 어떻게?"

"어떻게는, 힘으로 뺏으면 되지."

윈델의 대답은 간결했다. 하지만 그 확신에 찬 한마디를 믿을 만큼 블라우는 낙관주의자도, 세상물정을 모르는 것도 아니었다.

"그건 또 무슨 수작이지?"

"수작? 왜 그렇게 생각하는데? 내가 성지 바이할의 인간들을 모두 몰아내는 것 어디에 수작이 있다는 거야?"

"함정이겠지. 우리가 예상할 수조차 없는."

불신 가득한 그녀의 눈빛에 윈델은 빙긋 미소를 지었다.

"함정 같은 것 아니야. 쉐도우 엘프들은 관여할 것 없이 나혼자 도든 걸 하겠다는 거야. 바이할 요새가 텅 비고 나면, 그때 너희가 그곳을 점령하면 되잖아."

블라우는 윈델의 말에 하마터면 대놓고 찬성을 표할 뻔했다. 하지만 파괴자를 단번에 믿을 수는 없는 일이었다.

"우리가 성지 바이할에 가면 그때 인간들이 되돌아와 공격을 하겠지. 바이할은 험지야. 지키기 쉬운 대신 퇴로도 없어. 바움킨더가 세 명이나 전사한 것도 그런 특성 때문이지."

"그건… 좋아, 슈탈리저를 완파시키지."

"응?"

"영웅들의 슈탈리저를 완전히 파괴시키겠다고. 그렇다면 너희도 나를 믿지 않겠어?"

애초에 인간과 쉐도우 엘프 사이의 균형이 무너진 것도 바로 그 저주스러운 병기 때문이었다. 흑요석 창과 화살로는 그 괴물을 어찌할 수가 없었다.

특히, 영웅들이 타고 있는 슈탈리저는 무기마저 세실리파의 칼날로 이루어져 있고, 위대한 전사들처럼 '릭트'까지 자유자재로 쓰고 있는 터라 쉐도우 엘프로서는 천재지변에 가까운 적수였다.

그들만 없다면 분명 전황은 다시 예전과 같은 평행 국면으로 되돌아갈 것이다. 특히 요즘 들어 저주받을 라티스 군단과 인간왕국 사이의 불신을 이용한다면 앓던 이를 완전히 뽑아버리는 것도 가능할 듯싶었다.

"바이할 성지에서 인간들을 몰아내며, 흰색과 붉은색의 거인을 완전히 파괴한다. 네가 이야기한 그 조건을 지킬 수 있다면 우리 쉐도우 엘프는 다른 제안에 대해 심각한 고민을 해보겠다."

다른 제안이라는 것은 다름 아닌 엔스헤드의 숲으로 1년 후에 모두를 이끌고 오는 것을 뜻했다.

"살아 있는 모든 것을 데리고 와. 오지 않는 생명은 모두 죽는 것으로 생각해 두고."

마지막 말에 블라우는 윈델을 새삼 바라보았다. 저 협박 같은 말이 진실처럼 느껴지는 건 왜일까?

"일족의 대표들과 소식 기다리고 있겠다."

블라우 바움킨더는 이 말을 마지막으로 윈델과 요나 곁을 떠나갔다. 그녀가 사라진 후, 요나는 윈델에게 물었다.

"어쩌자고 그런 조건을 내건 거야?"

"응?"

"혼자서 정말 그 많은 사람들을 상대할 수 있어? 아니, 게다가 굳이 그럴 필요가 뭐 있다는 거야? 쉐도우 엘프의 목숨 따위……."

"살아 있으니까."

"응?"

"일단은 전부 살리고 싶어. 모든 인간을, 인간이 기르는 가축, 자연에 살아가고 있는 생명들. 그리고……."

윈델은 조용히 위를 바라보았다. 그곳에 있을 존재를, 한눈에도 닫지 못할 거대한 그것을.

요나가 윈델의 시선을 좇아 하늘을 보았다. 바움의 그림자가 드리워져 어둑어둑하다.

"그리고 뭐?"

요나의 물음에 윈델은 답하지 않았다.

2

"왜 인간들끼리 싸워야 하는 것입니까?! 하필이면 이곳 쉐도우 엘프의 땅에서."

쉐도우밴은 창설 이래 이런 식의 내분이 있어난 적이 단 한 번도 없었다. 영웅 라티스의 카리스마가 모든 불만을 찍어누를 수 있었으니까.

심지어는 쉐도우 엘프들의 땅인 바이할 요새를 점령한 후, 바이할 가지를 제거하겠다는 발표를 했을 때에도 그의 통솔력에는 흔들림이 없었다.

하지만 최근 쉐도우밴 사이에 불만이 높아지기 시작했다.

"이제 남은 식량으로 버틸 수 있는 시간은 3개월뿐입니다. 3개월 안에 바이할 가지를 부러뜨려 이곳을 해 든 땅으로 만들지 않는다면 우리 군대는 이곳에서 전멸할 것입니다."

불만은 다름 아닌 식량 문제였다.

"밥을 굶어가면서 눈앞의 교단과 등 뒤의 쉐도우 엘프, 이 둘을 상대로 싸울 수는 없습니다. 결단을 내려주십시오!"

"결단이란 뭘 말하는 것입니까?"

라티스의 심복 중 하나인 엠마 융이 날카롭게 물었다. 질문을 받은 것은 역시 라티스의 심복인 유그리디아 웨함이었다.

"바이할 가지를 향해 비상, 혹은 왕국과의 재협상입니다."

"둘 모두 지금 당장 불가능하다는 것을 알고 있지 않습니까?"

엠마의 말에 유그리디아는 고개를 저었다.

"아직 후자는 여지가 있습니다."

"먼저 전쟁을 시작한 우리가 평화를 제의한다는 것만으로도 협상은 실패한 것이나 다름없습니다. 무엇을 얼마나 양보해야 할지……."

"이대로 몇 달, 아니, 한 달만 더 지나고 나면 협상이 아닌 항복을 해야 할 지경입니다. 소환사들이 요새로부터 쉴 새 없이 식량을 소환하고 있지만, 그마저도 적의 방해로 여의치 않습니다."

라티스가 손을 들어 올렸다. 유그리디아, 엠마 두 사람이 말을 멈추며 그를 바라보았다. 라티스가 자신의 오른편에 앉아 있는 여자에게 눈을 돌렸다.

"경의 생각을 듣고 싶네만. 뷔렛 경."

코까지 내려오는 가면을 눌러쓴, 검은 머리칼의 여자가 좌중을 둘러보았다.

"바움 교도들과 협상을 한다면 지금이 좋은 시기입니다. 아직 우리의 전력은 그들보다 우위에 있습니다. 하지만 사기가 점점 떨어지기 시작했습니다. 식량 배급의 양과 질 모두 조금씩 떨어지고 있지요."

유그리디아를 비롯한 화평파들이 고개를 끄덕이며 동감을 표한다. 한편 엠마를 위시한 주전파가 하나같이 입을 굳게 다문다.

"하지만 내일이라도 바이할 가지로 이어진 길이 열릴지 모릅니다. 아직 바이할 가지까지 이를 길을 찾지 못하고 있지만, 이 요새에 그 길이 있다는 것만은 분명한 사실입니다. 이곳을 한 번 잃는다면 언제 다시 찾을 수 있을지도 모르는 일입니다."

그녀는 이번에는 주전론자들의 생각을 읊었다. 잠시 뜸을 들이고, 그녀가 입을 연다.

"그보다 근본적인 질문을 하고 싶군요. 여기서 물러난다면 도대체 어디로 가겠다는 것입니까? 프라우밀 왕국 국경 지역, 쉐도우밴의 근거지? 프라우밀 왕국이 그곳을 그대로 둘까요?"

유그리디아가 서둘러 입을 연다.

"우리의 힘은 아직 온전합니다!"

"쉐도우밴이 가지고 있던 힘의 반은 당신들의 무력이지만, 나머지 반은 인간 전체의 호의입니다. 당신들이 후자를 잃고도 지금의 힘을 유지할 수 있을 것이라고는 생각하지 않는 게 좋을 것입니다."

유그리디아는 그녀의 말에 입을 다물었다. 틀린 이야기는 아니었지만 쉽게 받아들이기 힘든 진실이기도 했다. 분명 쉐도우밴은 강력한 무력 집단이다. 하지만 지금까지 보급의 문제 같은 후방 상황으로 곤란한 일을 겪었던 적은 없었다. 왕국 프라우밀과 교단은 늘 그들에게 최고의 대우를 해주었다.

"가지를 잘라내면 거대한 해 든 땅이 생겨날 것입니다. 그것만 있다면 우리에게도 명분이 생기게 됩니다. 우리는 결코 바움 신을 해하는 게 아니라, 그분에게 기생하고 있는 기생충을 제거하려는 것뿐이라는."

해 든 땅이라는 이익. 그것이 눈에 보이지 않는 한 인간은 바움 신을 섬긴다는 명분에서 언제까지고 벗어나지 못할 것이다. 그녀의 지적은 정곡을 찌르고 있었다.

협상이니 뭐니 어떤 이름을 붙이든, 지금 왕국과 이야기한다는 것은 항복을 뜻한다. 그 후의 처우에 대해서는 교단과 왕국에 따를 수밖에 없다.

라티스가 회의장 의자를 박차고 일어났다.

"지금 우리는 바움 신의 몸에 상처를 낸다는, 엄청난 일에 도전하고 있다. 쉽게 할 수 있을 것이라 생각했나? 수많은 시련에 또 하나가 더해졌을 뿐이다. 진퇴를 고민하지 말고, 바이할 가지로 이어진 길을 찾아내라!"

화평파는 라티스의 말에 복명을 표했다. 라티스를 구심으로 모인 집단이지만, 늘 여러 의견이 충돌한다. 이런 수평적인 관계가 쉐도우뱀의 원동력이었다.

회의가 끝난 후, 쉐도우뱀의 간부들과 그에 추종하는 무리들의 수장 급들이 각자 맡은 구역으로 뿔뿔이 흩어졌다. 라티스의 곁에 남은 것은 오랜 친구이자 최고의 조언자인 프라우드 융과 복면의 여인, 세베리아였다.

"둔전은 완전히 실패인가?"

프라우드에게 라티스가 물었다. 휠체어에 탄 눈썹 센 노인 프라우드는 고개를 가로로 흔들었다.

"밀은커녕 콩조차도……. 그림자 진 땅은 단지 태양빛이 약한 것은 아닌 모양이네. 쉐도우 엘프와 인간의 차이처럼 식물, 벌레, 그 어느 것도 같은 게 없어."

"신의 뜻인 건지……."

라티스가 중얼거린다. 그간 경계지에서 살아왔기에 그늘 진 땅이라 할지라도 쉽게 적응할 수 있을 것이라 생각했다. 그늘진 땅에 라티스만큼 자주 발을 들이민 인간도 없다.

하지만 진짜 쉐도우 엘프들의 땅은 상상과 완전히 달랐다.

"책은 어떻지? 길은 아직도 나타나지 않고 있어?"

라티스가 세베리아에게 물었다. 세베리아가 몸 안에 담고 있는 책의 내용은 이 세계 어떤 사람도 알지 못하는 이 세계의 비밀에 대한 것이었다. 하지만 대부분의 내용은 엠베르크에 대한 것으로, 그 이상 자세한 것은 나와 있지 않았다.

"책이 지도까지 주지는 않는 모양입니다."

세베리아는 이렇게 말하며 자신의 왼손을 꾹 움켜쥐었다. 아흔 페이지 이상의 책을 몸에 담고 난 후로, 왼팔의 뱀은 훨씬 강해졌다. 종종 제멋대로 몸으로 잠식해 올 정도였다. 이대로라면 몸을 뺏기는 게 아닐까 하는 걱정까지 들었다.

세베리아는 하늘 위를 보았다.

저 가지 위로는 언제나 되어야 도착할 수 있을까? 가야만 한다. 바움의 가지 가장 높은 곳까지.

"또 그를 생각하는 건가?"

라티스의 말에 세베리아는 고개를 끄덕였다. 라티스가 살짝 혀를 찬다.

"나는 그가 전혀 기억나지 않아. 바움 신은 어째서 인간의 기억까지 가지고 노는 것인지."

나이 든 참모 프라우드가 세베리아에게 말했다.

"왜 진짜 파괴자를 깨우지 않는 것입니까? 그가 있다면, 훨씬 일이 빨라질 텐데."

"깨우지 않는 것이 아니라 깨울 수 없습니다. 전 책의 대부분을 몸에 지니고 있지만 책은 아닙니다. 어째서인지 파괴자라는 이름을 바움 신에게 부여받았을 뿐."

세상 사람들은 그녀를 파괴자로 기억하고 있다. 윈델과 엠베르크에 대한 기억은 쏙 빼놓은 채.

"식량이 먼저 떨어지느냐, 바이할 가지로 이르는 길을 찾느냐. 둘 중 하나라는 얘기이군."

라티스는 이렇게 말하며 환하게 웃었다. 어떻게 될지는 정말 신만이 아는 일이었지만, 이런 일에 찡그리지 않는 것이 영웅의 힘이다.

그때였다.

"적입니다!"

전령이 라티스와 세베리아 앞에 무릎을 꿇었다.

"적? 누구지? 마족인가? 아니면 왕국? 규모는 얼마나 되나?"

라티스의 물음에 전령은 우물쭈물 말을 아낀다. 한참 만에 그의 입이 열렸다.

"그게… 그림자 진 땅 쪽으로부터의 공격입니다. 마족이 아닐까 추정합니다만 겉모습은 쉐도우 엘프가 아닙니다."

"규모는 어느 정도지? 그쪽 방면으로는 유그리디아를 비롯한 쉐도우뱀의 정예가 있지 않은가?"

되묻는 라티스의 말에 다시 전령이 꾸물거린다.

"그러니까 그 숫자가… 둘입니다. 아니, 하나입니다."

"하나?!"

라티스의 놀란 목소리가 터져 나왔다.

"슈탈리저인가?! 설마 그림자 일족도……."

"아니, 슈탈리저가 아닙니다. 그걸 뭐라고 해야 할지. 아무튼 빨리 와주십시오."

라티스와 세베리아가 서로를 바라본다. 사람들의 인식을 초월한 적이 나타난 것이다. 드디어 그림자 일족의 실체와 부딪치는 것일까?

두려움이 반에 호기심도 얼마간은 섞였다. 두 사람은 전령의 뒤를 쫓아 숲 깊은 곳으로 달려갔다.

사라져 가는 두 전사의 뒷모습을 프라우드 옹은 지그시 바라보았다. 그들이 완전히 사라졌을 때, 그의 곁으로 한 소녀가 다가왔다.

"엠마냐?"

"네, 할아버지."

"…내가 너를 주워 거둔 지도 60년이 흘렀구나……."

프라우드의 말에 엠마는 조용히 안경을 추워 올렸다.

"바움 신은 그리 호락호락하지 않을 테야. 나도 결국은."

엠마가 프라우드의 무릎담요를 끌어 가슴팍까지 덮어주었다.

"자책하지 마세요. 절 위해서였잖아요. 인간조차 아

닌……."

프라우드가 엠마의 뺨을 어루만진다.

"그렇게 말하지 말거라. 이 늙은이도 슬퍼지는구나. 그래
도 헛된 삶은 아니었다. 슈탈리저를 운터바움에 소환했으니
까. 몇 대가 더 흐르고 나면 분명 바움에게도 일격을 먹일 수
있을 것이야."

엠마는 프라우드의 말에 빙그레 미소를 지었다.

"전 그게 그리 먼 미래가 아닐 것 같은 느낌이 들어요."

그녀가 바라본 곳은 지금 전투가 벌어지고 있는 숲. 수수께
끼의 적이 쳐들어온 방향이었다.

유그리디아의 슈탈리저는 0식기 앙트와네트의 마이너 카
피였다. 양산을 위해 몇 가지 기능을 뺀 것이다. 하지만 그렇
다고 성능이 형편없다는 뜻은 아니었다.

오히려 두 기체 사이의 결정적인 차이는 세실리파의 칼날
로 만들어진 무기가 있느냐 없느냐였다.

"한 자루 더 부탁합니다."

유그리디아는 참담한 기분이었다. 벌써 강철검 네 자루를
부러뜨렸다. 라티스를 제외하고 쉐도우밴에서 검술이 가장
뛰어났던 만큼 그의 슈탈리저가 휘두르는 강철검은 결코 약
하지 않은 병기였다.

하지만 저 끔찍한 적을 상대로는 영 자신감이 일지 않는다.

슈탈리저 엘리제는 검은색의 기체를 크게 흔들어 적의 공격을 피하며 숲의 그림자로 모습을 감추었다. 투명 망토가 전신을 가리자 순식간에 시야에서 사라진다.

유그리디아의 애기, 엘리제를 제외하고도 이 숲에는 다섯 기의 슈탈리저가 더 있었다. 모두들 쉐도우밴의 정예이자, 그 우군이었다.

하지만 저 남자 앞에서는 하나같이 무력했다.

"기간테스 마르그레테!"

후드를 눌러쓴 남자의 외침에 따라 거대한 팔이 모습을 드러낸다. 주먹 하나가 슈탈리저의 몸통보다 컸다.

땅 위에 자라나고 있는 모든 것들을 파괴하며 노도처럼 몰아치고, 슈탈리저들은 거대한 방패를 들어 막아보지만, 그 힘에 떠밀려 저 멀리 나가떨어졌다.

유그리디아가 엘리제를 조종해 거인의 팔을 꺾으려 덤벼들었다. 관절 부위의 약해 보이는 곳에 강철검을 때려박았다. 파공성이 거친 울음소리를 냈다.

성공한 듯 보였다. 갑옷과 갑옷 사이 관절 부위에 엘리제의 강철검이 깊숙이 박혔다. 하지만 챙 하는 소리를 내며 부러진 것은 기간테스의 손목이 아니라 엘리제의 강철제 검이었다.

"온몸이 세실리파의 칼날이라니! 사기잖아!"

유그리디아는 자신도 모르게 이렇게 중얼거렸다. 적은 관절까지도 세실리파의 칼날로 만들어진 거대한 슈탈리저를 조종하고 있었다. 고작 강철검으로 상처를 입힐 수 있을 리 없었다.

유그리디아를 도와 갑옷과 검을 소환해 주고 있던 소환술사가 말했다.

[이제 예비 무기가 한 자루뿐입니다! 더 이상 검이 부러진다면 무기 없이 싸워야 할 판입니다.]

"미안합니다."

[아니, 웨함님을 탓하려는 게 아니라…….]

"마지막으로 한 번 더 부탁드립니다."

[예!]

또 한 자루의 검이 엘리제의 손에 쥐어진다. 유그리디아는 눈앞의 적을 매서운 눈으로 노려보았다. 되든 안 되든 릭트를 써보리라 마음먹었다. 강철검으로는 슈탈리저를 통해 증폭된 검사의 릭트를 견뎌내지 못한다. 하지만 짧은 시간이라면!

검끝을 앞으로 내밀어 전력으로 달렸다. 검봉은 공기를 가르고, 웨함은 모든 정신을 그 끝에 모았다. 검이 붉게 달아오르고, 하얗게 변해간다. 벌써 검의 첨단은 녹아 증발하기 시작했다.

10미터, 5미터. 검끝과 적 사이의 거리가 가까워져 간다.

검은 벌써 1/3가량이 열기에 녹아 대기로 증발해 버렸다. 하얗다 못해 푸르스름한 빛을 내뿜고 있었다.

"역시 쉐도우밴은 운터바움 최강의 무력 집단이라니까."

그 모습에 습격해 온 남자가 엷은 미소를 머금었다. 진심으로 감탄한다는 듯.

하지만 말하는 것과는 반대로 그는 너무나 간단히 엘리제의 공격을 막아냈다. 손바닥을 들어 올려 그저 검끝을 응시하는 것만으로.

그 순간 엘리제의 5미터 길이의 강철검이 제멋대로 휘어버렸다. 둥글게 꼬이더니 종이를 구겨놓듯 주름이 잡히고 결국 네 조각으로 끊어져 버렸다.

하얗게 달구어졌던 검끝은 땅에 떨어져 주변의 초목을 새까맣게 태웠다.

무기를 잃은 엘리제는 그대로 형편없이 바닥에 처박혀 버렸다. 갑자기 무기를 잃어 균형을 잃은 탓이었다. 거인의 팔이 나타나 바닥에 넘어진 엘리제의 오른쪽 팔을 으깨었다.

다른 슈탈리저들은 엘리제가 파괴되는 모습을 보며 전의를 잃었다. 어느 정도 차이어야 노력으로 극복해 볼 텐데 이건 어른과 아이의 싸움을 넘어서 신과 인간의 싸움에 가까웠다.

"시, 신인가……."

"악마일 거야!"

사람들은 이렇게 외치고, 그들의 슈탈리저는 뒷걸음질을
치기 시작했다.

영웅은 늘 이럴 때 등장하게 마련이다.

"멈춰라!"

앙트와네트가 그 하얀 몸체를 드러냈다.

3

세베리아는 침입해 온 적의 모습에 심장이 떨려왔다. '그'
다!

앙트와네트는 데카이드를 휘두르며 침입자 앞을 가로막았
다. 이미 데카이드는 릭트의 기운으로 충만했다. 금방이라도
폭발할 것 같은 에너지가 폭풍처럼 검을 휘감고 있었다.

세베리아의 슈탈리저, 앤볼린이 그 앞을 가로막았다. 붉은
색의 창을 가로로 들어 두 사람 사이를 갈라놓았다.

"잠깐만요!"

앙트와네트가 앤볼린에게 고개를 돌렸다.

"무슨 일이지?"

"싸우지 말아요!"

세베리아는 이렇게 외치며 앤볼린에서 뛰쳐나왔다. 갑작

스러운 그녀의 반응에 라티스는 얼떨떨해하면서도 검에 불러 일으켰던 빛의 힘을 가라앉혔다.

무거운 물로 온몸이 젖은 세베리아가 침입자에게 달려갔다. 그의 앞에, 엷은 회색 빛 머리칼을 가진 그의 앞에 서서는 주저 않고 그의 몸을 껴안았다.

"윈델!"

"아가씨."

두 사람이 서로를 부르고, 세베리아는 더 힘껏 그의 목덜미를 끌어안았다.

"역시 윈델이구나! 어떻게 된 거야? 바움 신에게 잡혀간 게 아니었어?"

"잡혀갔었어. 그런데 도중에 누군가에게 도움을 받아서……."

세베리아는 윈델의 뺨을 붙잡으며 그의 눈을 올려다보았다. 정말 윈델이다. 온몸에 흐르고 있는 책의 문자들이 그가 윈델임을 확인해 주고 있었다. 살이 조금 맞닿았을 뿐인데 온몸의 글자들이 웅성거리며 다른 페이지들을 반기고 있었다.

"그보다 놀랐는걸. 세베리아가 진짜로 쉐도우밴과 행동을 같이하다니. 소문은 익히 들었지만."

"놀라긴! 어떻게 된 거야? 다친 데는 없고? 바움의 감옥에서는 언제 풀려난 거야? 나는 너를 구하기 위해 바움의 가장 높은 곳으로 갈 생각만 하고 있었는데······."

"풀려난 건 거의 바로 직후였어."

"그럼 왜 내게 이야기하지 않은 거야?"

두 사람 사이에 다른 사람이 끼어들었다.

"그러기 싫었나 보지."

세베리아는 깜짝 놀라 윈델의 얼굴을 놓으며 뒤로 물러섰다. 윈델 뒤에 바투 붙어 서 있는 한 소녀를 발견한 것이 바로 그때였다.

그녀는 다름 아닌 요나였다. 싸우는 도중 투명 망토를 쓰고 조금 떨어진 곳에 있던 그녀는 세베리아가 등장하자 윈델 곁으로 다시 돌아왔다.

"누구······."

세베리아의 물음에 윈델이 요나를 소개했다.

"요나. 예전에 내가 책을 얻은 직후에 잠시 신세를 졌던 아이야. 지금은 유토피아에 소속되어 있고."

세베리아가 아, 하고 탄성을 내며 요나를 새삼 바라보았다. 연녹색 머리칼의 소녀는 한마디로 정의하기 힘든 신비로운 아름다움을 가지고 있었다. 모습만으로는 오랜 세월 동안 기도원에서 지낸 수녀와 비슷했다.

물론 그런 느낌은 바로 직후에 산산조각 났지만.

"난 또 아저씨가 자나깨나 세베리아, 세베리아 하기에 대단한 여자인 줄 알았더니, 별거 아니네."

세베리아가 미간을 살짝 찡그렸다. 난생처음 보는 여자가 윈델 곁에 꼭 붙어 있는 것도 썩 마음에 들지 않는데, 언제 봤다고 다짜고짜 독설을 하는 건지.

"세베리아와 이야기 중이니까 끼어들지 마."

윈델이 요나를 점잖게 타이른다. 하지만 차라리 불에 기름을 붓고 말지.

"편드는 거야? 잘 생각해 봐. 이 여자는 아저씨를 완전히 잊었던 여자야. 한 번 그랬으니 앞으로도 또 그럴 거 아냐. 내가 보기에는 별로 믿을 만한 사람은 못 되는 것 같아."

"요나!"

윈델은 그녀의 이름을 따끔하게 불렀지만, 더는 말을 잇지 못했다. 세베리아에게 눈을 돌린다.

"이런 아이야."

세베리아는 후, 하고 한숨을 내쉬었다. 이 여자, 뭔지 몰라도 성격 하나는 대단할 듯싶었다. 그녀와 말싸움 따위로 시간 낭비할 마음은 없다. 무엇보다 윈델과 5년 만의 재회였으니까.

그사이 윈델이 눈을 앙트와네트에게 돌렸다. 다시 봐도 훌륭하게 재현된 슈탈리저였다. 아무것도 모르고 봤을 때는 그냥 넘겼던 부분들이었지만, 어시안의 지식을 손에 넣은 지금 다시 보니 감탄사가 나올 정도다. 쉐도우밴에 '책'이었던 사람이 있다는 이야기에 믿음이 더해졌다.

"라티스, 당신과도 이야기하고 싶은 게 있는데."

윈델이 목청을 돋우었다. 제법 떨어진 앙트와네트에 들리도록.

라티스는 윈델의 청에 앙트와네트에서 내렸다. 세베리아에게 이미 들어 윈델과는 구면이라는 것을 알고 있었다. 하지만 역시 처음 보는 얼굴이었다.

"오랜만이야."

윈델의 인사에 라티스는 얼떨떨해했다. 그 모습을 보며 윈델이 손가락을 퉁겼다. 라티스가 눈살을 찌푸리며 관자놀이 언저리를 움켜쥐었다.

"윽!"

세베리아가 깜짝 놀라 윈델과 라티스를 번갈아 보았다. 윈델이 라티스에게 뭔가를 했다. 그게 어떤 것인지는 알 수 없었다.

라티스가 다시 고개를 들어 올렸다. 관자놀이 부근의 통증도 금세 가라앉았다. 하지만 그 직후 찾아온 것은 혼란이었다.

기억과 기억이 아닌 것들이 혼재하더니, 기억이 아닌 것들이 물러나며 기억이 그 자리를 차지한다. 세뇌가 풀리고 있었다.

세베리아와의 만남을 잊고, 다시 윈델과 엠베르크를 잊은 것. 그 모두가 제자리를 찾아오며 라티스는 한참 동안 멍한 기분이 들었다.

"이건… 도대체 뭐지?"

"오랜만이야."

윈델은 라티스의 물음에 조금 전 했던 말을 반복하는 것으로 대답을 했다.

"너, 너는… 윈델?!"

"이제 기억이 나는 모양이네."

라티스는 윈델과 세베리아를 번갈아 바라보았다. 세베리아와 함께 바이할 요새를 점거하고, 바이할 가지로 이르는 길을 찾았던 기억들이 조금 낯설게 느껴졌다. 하지만 그것 역시 분명한 기억이다.

"뭐가 뭔지……."

라티스는 이렇게 중얼거리며 다시 윈델에게 말했다.

"어떻게 된 거지? 나는 기억을 잃었던 건가?"

"정확히는 세뇌되었던 거지. 이 세계의 신에게."

"바움 신이 내 머릿속을 바꾸어놓았다고?"

윈델이 고개를 끄덕인다.

"그렇지."

"그런 거짓말 같은… 하지만……."

윈델은 라티스의 이야기를 끊었다. 그의 기억에 대한 토론을 할 만큼 한가하지 않다. 남은 시간이 얼마인지도 모르는 지금, 하루라도 빨리 바벨탑을 세워야 했다.

"기억에 대해서는 천천히 고민하고, 우선 내가 이곳에 온 이유를 이야기하지. 앙트와네트와 앤볼린, 둘 다 포기해 주어야겠어."

라티스와 세베리아가 깜짝 놀랐다.

"그게 무슨……."

세베리아가 말끝을 흐리며 윈델을 바라보았다. 농담일 리 없다. 윈델의 표정이 그렇게 말하고 있다.

"앙트와네트와 앤볼린, 두 슈탈리저를 파괴하겠다고."

라티스가 뒤로 한 걸음 물러난다. 그리고는 주위를 살핀다.

"엠베르크도 함께인 건가?!"

하지만 엠베르크의 모습은 어느 곳에도 없었다. 세베리아의 이야기대로라면 엠베르크는 다시 봉인되었다고 했다.

"엠베르크는 아직 봉인되어 있어."

"그렇다면 그건 너의 뜻인가? 내가 쉽게 앙트와네트를 파괴할 것이라 생각하나?"

윈델은 라티스를 조용히 바라보았다. 저 남자를 설득할 수 있을까, 라는 생각이 머릿속에 떠올랐다. 그리고 그 답은 순식간에 나왔다.

설득할 수 있는 상대라면 그는 영웅이 아닐 것이다.

"쉐도우 엘프들이 바라는 일이야. 앙트와네트와 앤볼린, 두 슈탈리저를 파괴하고 바이할 요새를 돌려주지 않는다면 내 일에 협조하지 않겠다고 했어."

라티스의 얼굴에 노기가 서렸다.

"쉐도우 엘프들이라고?! 인간의 적을 도와 인간의 무기를 파괴하겠다는 건가? 윈델, 너는 파괴자와 한 패가 되더니 자신이 인간인 것조차 잊었다는 건가?!"

"어떻게 말하든 내 생각은 바뀌지 않아. 앙트와네트는 지금 파괴하겠어. 데카이드도 같이."

라티스가 외쳤다.

"좋다! 한번 해봐라!"

라티스가 다시 앙트와네트에 올랐다. 데카이드를 앞으로 내뻗고, 그 위에 릭트의 힘을 덧씌웠다.

그는 5년 전과 비교도 할 수 없을 만큼 성장했다. 앙트와네트를 조종한 시간에 비례한 강함이다.

유그리디아의 릭트와 비교도 되지 않는, 에너지의 덩어리인 데카이드가 공간을 가른다. 윈델조차 그 공격에는 걸음을 떼어 비켜서야 했다. 앙트와네트의 데카이드가 가를 수 없는 것은 세상에 몇 되지 않을 것이다.

짤막하게 휘파람을 부르고, 윈델은 앙트와네트가 자신의 곁을 스쳐 지나가는 모습을 관찰했다.

"백화 티타늄 없이 이렇게나 완성도 높게 만들다니⋯⋯. 슈탈리저를 이 세상에 부활시킨 사람도 엘베룬 못지않은 '지식'을 손에 넣었구나."

중얼거리던 윈델이 손을 들었다. 기간테스의 팔을 소환하는 대신, 윈델은 손 앞에 한 자루의 검을 만들어냈다.

그가 소환한 검의 모습에 세베리아가 깜짝 놀란다. 그뿐 아니라 이곳에 있던 쉐도우밴의 다른 사람들도 입을 쩍 벌리고 말았다.

"말도 안 돼! 어떻게 인간이 세실리파의 칼날을 소환할 수 있는 거지?!"

세베리아가 외쳤다. 세실리파의 칼날은 어디까지나 신의 선물이다. 불가해(不可解)하고, 불가분(不可分)한 완전한 금속이었다.

그것을 만들어 손에 쥐다니!

라티스조차 그 모습에는 적지 않은 충격을 받았다. 만약 세실리파의 칼날을 소환할 수 있다면⋯⋯. 프라우드 융은 늘 자신에게 그런 능력이 없음을 한탄했다. 수많은 시간을 살아온 현자조차 할 수 없는 일을 그는 너무나 태연하게 해내고 있다.

한편 그 자리에 있던 다른 사람들은 윈델과 라티스의 대치에 마른침을 삼켰다. 조금 전 윈델이 세실리파의 칼날로 이루어진 거인의 팔을 소환하는 모습을 목도했기에 지금 받은 충격은 라티스와 세베리아에 비해 약했다.

"조심하십시오. 그는 세실리파의 칼날을 자유자재로 소환하고 있습니다!"

조금 전 전투의 충격에서 벗어나 엘리제의 몸 밖으로 빠져나온 유그리디아가 라티스에게 외쳤다.

"괜찮은가?"

라티스는 그제야 엘리제의 상태가 눈에 들어왔다. 저 정도로 처참하게 당했을 줄이야. 유그리디아의 안위가 걱정될 정도였다.

"제 몸은 괜찮습니다."

라티스는 어금니를 질끈 물었다. 기억 속에 남아 있는 윈델이 찾아주었지만, 그의 모습은 잊는 게 나을 듯싶었다. 눈앞의 적은 바움과 비교할 수 있을 만한 이미 인간을 초월한 존재다. 반 신이었다.

온몸에 차오르는 생명의 에너지, 앙트와네트가 가지고 있는 그녀 자신의 힘, 이 두 가지가 융화되어 격렬한 기계음을 주위에 뿌렸다. 공기 중의 수분이 기화되며 달무리 같은 것이 앙트와네트의 몸에 퍼졌다.

파르스름한 흰빛을 내던 데카이드가 모습을 바꾸었다. 거칠던 열 장의 날개가 하나의 미끈한 검날로 변했다. 릭트가 최고조로 주입되었을 때만 보이는 현상으로 일종의 신기루였다.

라티스가 앙트와네트의 입을 빌어 윈델에게 말했다.

"이게 내가 가진 힘의 전부이다. 네 뜻을 관철하고 싶다면, 이 힘을 꺾어라!"

윈델이 라티스를 올려다본다.

"알았어. 그럼 그렇게 하지. 네 검을 꺾는다면, 앙트와네트와 이 바이할 요새를 포기하도록 해."

"이 공격이 꺾인다면 내가 원하지 않는다 해도 그렇게 되겠지. 너의 힘이 나보다 훨씬 강하다는 뜻일 테니!"

라티스는 말을 하며 검끝을 머리 위로 들어 올렸다. 윈델도 그를 맞이해 검을 가로로 세웠다.

"릭트라는 게 뭔지 알아?"

윈델이 갑자기 이런 말을 꺼냈다. 라티스는 그가 무슨 현혹하는 말을 할까 걱정되어 입을 다물었다. 하지만 신경이 쓰이는 것만은 사실이었다.

"이 세계에는 바움이 만들어낸 작은 벌레 같은 것으로 가득 차 있어. 그 벌레들은 평소에는 이 세계를 인간이 살아가

기 좋도록 만드는 일을 담당하지만, 딱히 바움의 명령에 따르는 것은 아니야. 오히려 그들은 인간의 명령에 따르지."

윈델이 나지막이 이상한 언어를 중얼거렸다. 그 몇 마디 말이야말로 이 세계의 진정한 언어이자, 대기에 퍼져 있는 초소형 벌레들에게 명령 내리는 말이었다.

윈델의 명령에 대기가 멈춘다. 주변의 바람이 멎었다. 열기가 사라지고, 라티스의 검을 감고 있던 찬란하던 빛마저 사그라졌다.

라티스는 자신의 주변을 감싸고 있던 빛의 힘이 사라져 가는데도 아무것도 할 수 없었다.

그 순간, 그는 손에 든 검이 가벼워졌다. 고개를 돌려 앙트와네트의 눈을 통해 데카이드를 보았다.

그리고 결코 부러지지 않는다는 세실리파의 칼날, 데카이드가 두 동강 나 땅에 떨어지는 모습을 눈에 담았다.

라티스는 인정할 수밖에 없었다.

눈앞의 저자는 결코 이길 수 없다.

4

전의를 잃은 영웅의 애기(愛機) 앙트와네트의 허리가 두 동강 났다. 그것을 해낸 것은 다른 슈탈리저도, 국가 규모의 군대도 아니었다. 한 사람이 한 자루의 소환한 검으로 해낸 것이다. 근 5년간 무적을 자랑하던 라티스의 군대가 무릎을 꿇는 순간이기도 했다.

윈델은 여세를 몰아 세베리아의 슈탈리저, 앤볼린에도 검을 휘둘렀다. 두 기의 희고 붉은 슈탈리저가 바이할 요새 귀퉁이에서 짧은 여정을 마치고 말았다.

세베리아는 자신이 지난 5년간 신세졌던 슈탈리저를 애잔한 눈으로 보았다. 아무 설명 없는 윈델을 가볍게 흘긴다.

"무슨 일이야? 바벨탑이라는 건 또 뭐고? 라티스의 릭트는 어떻게 없앤 거야?"

세베리아의 질문이 퍼부어졌다. 윈델은 세베리아에게 대답을 하는 대신, 아직도 콕핏에 멍한 얼굴로 있는 라티스에게 다가갔다. 허리가 잘려 나간 앙트와네트에 올라 손을 내밀었다.

라티스는 갑자기 자신의 앞에 나타난 윈델을 보고 어떤 표정을 지어야 할지 갈피 잡을 수 없었다. 표정은 무미해지고, 감정은 차갑게 가라앉았다.

형편없이 패했다. 윈델이 내민 손을 웃으며 잡을 수는 없었다. 그렇다고 뿌리치자니 모양 빠지는 일이다.

"듣고 싶지 않아, 이 세계에 대해서?"

윈델이 말을 건다. 라티스는 후, 하고 짧은 숨을 내쉬었다.

"들어보지."

라티스는 윈델의 손을 잡아 앙트와네트의 몸에서 빠져나왔다. 슈탈리저에서 내려서며 윈델이 라티스에게 말했다.

"한 사람 더 이곳에 있었으면 하는데. 누구지, 슈탈리저를 운터바움에 부활시킨 게?"

라티스가 고개를 갸웃한다.

"왜 그를 찾지?"

"짐작일 뿐이지만, 그는 아마도 전대의 '책' 중 하나일 거야. 나와 마찬가지로, 엠베르크를 손에 넣었던 사람."

"뭐?!"

라티스뿐 아니라 이 자리의 모든 사람들이 윈델의 말에 놀라는 표정을 했다.

프라우드 융과 그의 손녀 엠마 융이 라티스의 부름을 따라이 자리에 도착했다. 그뿐 아니라 쉐도우밴의 핵심 멤버들, 소환사 쌍둥이 자매라거나 베른 같은 사람들도 모두 모였다. 세베리아를 위시해 스무 명은 족히 될 듯한 사람이 모이는 통에 축제처럼 빽적지근해졌다.

하지만 사람들의 표정은 그리 밝지 않았다. 라티스가 패하고, 몇 년에 걸쳐 간신히 완성한 최고의 슈탈리저, 앙트와네트가 파괴되어 쓰러져 있다. 그 모습을 보고 쉐도우밴의 어느 누가 좋은 표정을 지을 수 있을까?

적의와 호기심 뒤섞인 시선 속에서 윈델이 이윽고 입을 열었다.

"이 세계를 뒤덮고 있는 바움은······."

바움의 정체, 그리고 앞으로 일어날 일. 윈델이 이곳에서 이야기한 것은 유토피아에서와 같았다. 그리고 그 반응 역시 그곳과 같았다. 반신반의. 오히려 의심에 기울어진 눈빛들.

윈델이 이 자리에 굳이 프라우드 융을 부른 것은 그 때문이었다. 이야기를 마친 윈델이 프라우드를 보고, 그 곁에 있는 엠마를 향해 말했다.

"너는 인간이 아니구나. 프로그램? 아니면, 돌즈?"

모두의 시선이 엠마에게 몰렸다. 인간이 아니라니? 그게 무슨 말인가?

엠마는 윈델의 말을 부정하지 않았다.

"돌즈입니다."

"아, 역시. 네게 그리 큰 힘은 느껴지지 않는구나."

윈델은 이어 프라우드를 보았다.

"유토피아의 총수가 당신이 이곳에 있을 것이라 언급했어."

프라우드는 담담한 미소를 지으며 윈델의 말에 답했다.

"나도 그곳에 나와 같은 운명을 가진 자가 있을 것이라 생각하고 있었지. 그쪽은 지금 뭘 만들고 있지? 굉장한 자원이 유토피아로 흘러들고 있던데… 혹시 슈탈리저인가?"

"발할라."

"아! 외해로 탈출하자고 떠들어대더니만 그런 방법이 있었군! 나는 그 도면의 일부만을 머릿속에 담고 있어서 만들 엄두조차 내지 못하고 있었는데."

윈델과 프라우드의 짤막한 대화를 이해할 수 있는 사람은 이곳에 많지 않았다. 하지만 그 몇 마디 말 주고받음을 통해 윈델의 말이 허무맹랑한 소설은 아니라는 것을 깨달을 수 있었다.

라티스는 머리가 다 아플 지경이었다. 쉐도우 엘프와의 전쟁, 그 자체가 만들어진 세상 속의 하찮은 일상일 뿐이라니! 가장 소중한 사람의 죽음조차.

윈델이 라티스에게 말했다.

"해묵은 감정, 증오……. 그걸 접으라고 이야기하지는 않아. 하지만 더 중요한 것이 있다고 생각해. 이 땅에 살아가고 있는 수백, 수천만 어쩌면 수억이 될지도 모르는 생명들, 그들을 모두 죽게 할 수는 없잖아?"

라티스는 윈델의 말에 답하지 않았다. 윈델은 지금 쉐도우 엘프와의 전쟁을 그만두라고 말하고 있다. 일단은 이 운터바움을 탈출해 살아남자고 한다.

무엇을 말하는지는 알고 있다. 하지만…….

"바이할 요새를 포기해 줘. 바벨탑을 지켜줘. 그리고 1년 후, 엔스헤드의 숲에 와줘. 내가 쉐도우밴에 바라는 것은 이 세 가지야. 약속한다면 앙트와네트와 앤볼린을 비롯한 슈탈리저의 부활에 도움을 줄게. 어차피 바벨탑을 지키기 위해서는 필요하니까."

라티스는 윈델을 보던 눈을 주변으로 돌렸다. 수많은 사람들, 자신을 추종하는 쉐도우밴의 간부와 이곳 용병부대의 대장들.

믿을 수도, 믿지 않을 수도 없는 이야기들. 라티스는 대답을 하기 전에 가장 오랜 친구이자 믿음직한 조언자인 프라우드를 보았다.

"어떻습니까?"

프라우드가 그 질문에 짤막히 답했다.

"진실이네."

"…알겠습니다."

적어도 윈델의 이야기가 터무니없는 것은 아니라는 대답이었다. 라티스가 윈델을 본다.

"마지막으로 이 말에 답해주게."

"말해봐."

"바벨탑이라는 게 뭐지? 우리가 지킬 가치가 있는 것인가?"

윈델이 답했다.

"운터바움을 구할 수 있는 유일한 수단. 나는 그렇게 단언하겠어."

바로 그때였다.

지축이 울린다. 세계가 흔들렸다. 사람들은 그것이 어떤 현상인지 이해하지 못했다. 윈델이 외쳤다.

"지진?!"

점점 진동이 커지고, 검사들조차 똑바로 서 있는 것이 힘들었다. 윈델은 비틀거리는 세베리아를 부축하고, 윈델의 곁에 있던 요나는 윈델의 팔뚝을 지지대 삼아 균형을 유지했다.

30분 가까이 세계가 흔들렸다.

바움의 잔가지들이 끊어져 땅으로 쏟아져 내렸다. '축복'이 전 세계에 걸쳐 수천 건이나 동시에 일어났다. 성이 파괴되고 사람들의 터전이 무너진다.

"있을 수 없는 일인데……."

윈델이 중얼거렸다. 그의 말 그대로였다. 바움의 가지 아래는 그 밖과는 별개의 공간이었다. 뚫려 있고 오가는 것도 자유로웠지만, 보이지 않는 막이 쳐져 있는 것이나 마찬가지였다.

지진 같은 건 있을 수 없는 일이다. 어떠한 자연재해도 바움의 아래에서는 일어나지 않는다. 바움의 가지가 떨어져 내리는 축복이 인간의 힘을 초월한 유일한 재앙일 정도로.

끝나지 않을 것 같은 진동은 한 시간쯤 후 잦아들기 시작했다. 윈델이 허공에 대고 이해할 수 없는 언어를 외쳤다.

윈델의 머릿속에 문자들이 새겨진다. 그 문자는 윈델뿐 아니라 프라우드, 그리고 세베리아의 머릿속에도 깃들었다. 조금이라도 양자의 길이 있는 자들에게만 내리는, 일종의 방송 신호였다.

"올림푸스가 분화했다고?"

프라우드가 중얼거렸다.

"그게 무슨 말이야?"

세베리아가 윈델을 바라보고, 윈델은 두 사람에게 설명을 보탰다.

"이 별에 있는 거대한 화산이야. 우리에게 남겨진 시간이 생각보다 짧다는 이야기이기도 하고."

윈델이 프라우드에게 말한다.

"그럼 쉐도우밴의 설득은 당신에게 맡기고 싶은데……."

"글쎄, 사람들이 이 늙은이의 말을 들을까?"

"부탁해."

마지막으로 윈델이 다시 라티스에게 말했다.

"앞으로 1년. 그 시간 동안만 증오를 미뤄줘. 그리고 나서는 더 이상 당신에게 어떠한 것도 강요하지 않을 테니까. 당신의 힘이 필요해. 당신은 운터바움의 영웅이니까."

라티스가 씁쓰레하게 웃는다.

"나도 지금은 미움받는 처지라⋯⋯. 하지만 바이할 요새를 포기해 달라는 것만큼은 들어줄 수 있을 것 같군. 어차피 지금의 전력으로는 이곳을 지킬 수도 없을 테니까."

그리고는 곧바로 라티스가 모두에게 외쳤다.

"바이할 요새를 포기한다! 모든 장비를 가지고 이곳에서 떠나도록 하자!"

라티스가 다시 윈델을 보았다.

"그 뒤의 일은 차차 대답하도록 하지."

윈델은 라티스에게 고개를 꾸벅 숙였다. 그 정도만으로도 지금은 만족할 만한 결과였다.

라티스의 명에 따라 사람들이 차곡차곡 움직이는 사이, 윈델이 다시 세베리아 앞으로 다가왔다.

"그리고 세베리아, 네게도 부탁이 있어."

"나?"

세베리아가 깜짝 놀란다.

"나도 뭔가를 해야 하는 거야?"

"당연하지. 이 세계의 파괴자인데. 하하."

윈델의 말에 세베리아가 눈살을 찌푸렸다.

"놀리지 말고."

"놀리는 게 아니야. 일단 완전한 파괴자가 되어줘."

세베리아가 고개를 갸웃한다.

"무슨 뜻이야?"

"5년 전, 주지 못한 책. 전부 전해줄게."

"책? 이제는……."

"내가 세베리아에게 부탁할 일은 어쩌면 어느 누구보다도 힘든 일이야. 하지만 그만큼 중요하기도 하고."

윈델이 진지한 표정으로 부탁하고, 세베리아는 무겁게 고개를 끄덕였다.

"알았어. 말해봐."

"파괴자가 되어줘."

윈델의 말은 의외였다. 조금 전까지 모두에게 생명을 구해야 한다고 역설하던 그의 입에서 나온 말이라고는 생각하기 힘들었다. 윈델이 다시 입을 열었다.

"이 세계… 운터바움은 우리들에게는 요람 같은 곳이야. 바움은 분명 신이야. 자애로운 신. 하지만 동시에 그녀는 철없는 부모이기도 해. 아이가 자라나 요람을 벗어날 때가 됐는데도 더 큰 요람을 만들어준."

"철없는 신……."

윈델의 말에 세베리아는 어쩐지 수긍이 갔다. 그녀가 느낀 바움은 전지전능한 초월자라기보다는 어린아이 같았다.

"운터바움을 살아가는 인간들에게 이곳은 천국이나 다름 없어. 쉐도우 엘프와의 관계도, 국경에서 1킬로미터만 벗어나면 쉐도우 엘프가 있다는 것을 말로만 들을 수 있을 뿐이야. 재앙도, 재난도 없는 세계. 바움이 만든 이 세계를 버리기에 인간은 너무 운터바움에 길들여져 있어."

세베리아는 윈델의 얼굴을 물끄러미 보았다. 원래 이런 사람이었나? 슈탈리저를 반으로 갈라놓았을 때도 느끼지 못했는데, 새삼 윈델이 커 보였다.

"그러니까 네 말은, 인류가 운터바움을 버릴 수 있도록 이 세계를 괴롭게 만들라는 거야?"

세베리아가 묻는다.

"맞아."

"그걸 위한 파괴자이고?"

윈델이 고개를 끄덕인다.

"그런데 고작 나 혼자 가능할까?"

세베리아의 물음에 윈델은 또 한 번 긍정의 고갯짓을 했다.

"응. 엠베르크가 함께라면 가능해."

"아!"

세베리아가 탄성을 낸다.

그 뒤로 한참 동안 세베리아는 아무런 말도 없었다. 그저 윈델을 바라볼 뿐. 윈델이 이상하다며 갸웃하자 세베리아가 말했다.

"또 헤어지겠구나."

"…1년 만. 보고 싶으면 바벨탑이 있는 곳으로 와."

세베리아가 윈델의 배를 툭 쳤다.

"누가 누구에게 오라고 말하는 거야? 아가씨를 모시는 게 하인의 본분 아니야?"

윈델이 베싯 웃었다.

"죄송합니다, 아가씨. 그럼 엠베르크가 잠든 곳으로 가자."

이날을 기점으로 운터바움에는 큰 변화가 일어나기 시작했다.

대지진으로 운터바움을 가로지르는 커다란 협곡이 생겨나고, 바움의 가지도 눈에 띄게 앙상해져 해 든 땅이 크게 늘어났다.

여전히 세계의 60퍼센트는 그늘진 땅이었지만, 쉐도우 엘프들은 삶의 터전 상당수를 인간에게 빼앗기고 말았다.

땅을 얻은 인간은 한편 기뻐할 수만은 없었다. 지난 지진에 있었던 무차별적인 축복으로 문명의 상당수가 파괴되었다. 더불어 미묘하게 기후가 변화한 탓에 농작물의 작황이 좋지 못했다.

그러한 불안감의 반영이라도 되는 양 괴소문이 돌기 시작했다.

　—이 세계는 곧 멸망할 것이니 내년 하지, 잃어버린 숲에서만 살아남을 수 있다.

　—파괴자가 이 세계를 파괴할 것이다. 바움조차 그녀를 제어할 수 없어서 수수방관하고 있다.

　등등.

　대부분 유토피아의 공작으로 인한 소문이었지만 사람들의 불안감은 극도로 높아졌다.

　그에 더해 파괴자가 세계를 파괴하기 시작했다. 처음에는 하나의 인간왕국이 송두리째 뽑혀 나가고, 한 번은 쉐도우 엘프들의 부족 하나가 그 터전을 완전히 잃었다.

　생명을 잃은 사람은 없었지만 파괴자의 존재 그 자체가 사람들에게는 공포였다.

　그러한 불안감에 방점을 찍은 것은⋯⋯.

　바움의 남쪽 끝, 붉은 바다에 자라나고 있는 거대한 탑이었다.

　사람들이 인식했을 때, 그 탑은 벌써 운터바움의 어떠한 건물보다 높게 솟았다. 날카로운 첨탑이 연이어 있는 그 건축물을 보며 사람들은 두려움에 떨었다. 모두들 언젠가부터 그 건축물을 이렇게 부르고 있었다.

　—바벨탑.

바벨탑을 지키고 있는 것은 쉐도우밴. 바이할 요새를 떠난 그들이 왜 그곳으로 가 바벨탑을 지키고 있는지 어느 누구도 알지 못했다.

그리고 신탁이 내렸다.

바벨탑을 파괴하라. 그러지 아니하면 나는 더 이상 너희를 지켜줄 수 없다!

왕국과 교단은 다시 한 번 신탁에 따라 군대를 조직하게 된다.

Chapter 24
바움이 꿈꾼 세계, 인간이 꿈꾸는 세계

Unterbaum

운터바움

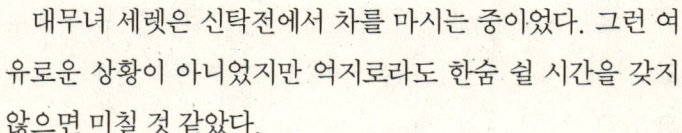

1

대무녀 세렛은 신탁전에서 차를 마시는 중이었다. 그런 여유로운 상황이 아니었지만 억지로라도 한숨 쉴 시간을 갖지 않으면 미칠 것 같았다.

─바움 신은 명백하게 변했다.

세렛은 이제 겨우 30년의 시간을 살아왔다. 하지만 그 시간의 태반, 아니, 거의 대부분을 바움 신에게 봉사했다. 그렇기 때문에 알 수 있었다. 지금의 바움은 정상이 아니다.

찻잔을 입술에 가져가며 세렛이 중얼거렸다.

"운터바움의 독자적인 군벌들… 슈탈리저를 현생시킨 쉐

도우밴, 꼬리가 잡히지 않는 저항세력 유토피아. 지금 그들은 명백하게 바움 신에게 반항하고 있는데, 어째서 신은 스스로의 권능을 드러내시지 않는 걸까?'

의심. 신을 모시는 자가 가져서는 안 될 악덕이었지만, 세렛은 그것을 태연스레 입 밖에 냈다. 이 세계에서 그녀를 위시한 몇 사람만이 가질 수 있는 특권이었다.

"바벨탑이라는 건 뭐지? 어떻게 그렇게 빨리 자라고 있는 걸까? 그건 흡사……."

나무 같잖아. 라는 말을 삼키며 세렛은 차를 한 모금 머금었다. 운터바움에는 수많은 나무가 살고 있다. 그리고 바움이 있다.

갑자기 자라나는 나무. 그 키가 어느덧 700미터를 넘어섰다는 보고가 있는 게 며칠 전의 일이다. 그렇게 높게 자랄 수 있는 것은 바움뿐이다. 적어도 바움 교도들은 그렇게 생각하고 있었다.

또 한 그루의 바움이 자라고 있는 걸까?

세렛은 이런 생각을 해보았다. 그게 진실이라면 바움 신의 바벨탑에게로 향한 증오가 일견 이해 간다. 이 세상에 또 한 명의 신이 자라고 있는 것이다.

입술에 붙어 있던 찻잔은 미동조차 하지 않았다. 찻물의 수위도 변하지 않는다. 세렛은 그 상태로 몇 분이나 생각에 잠겼다.

알고 싶다.

세렛은 진실이 보고 싶었다. 바벨탑이 뭔지, 누가 그것을 만들고 있는지—지금으로선 쉐도우밴이 범인이라는 주장이 지배적이었지만—궁금했다.

"듣고 있느냐?"

세렛이 목청을 돋웠다.

"예, 대무녀님. 말씀하십시오."

시녀 하나가 쪼르르 달려 세렛 앞에 고개를 조아렸다.

"교황님을 만나뵈야겠다. 전갈을 올리거라."

"예. 분부대로 하겠습니다."

세렛이 교황과 접견을 하고 있던 이 순간.

케임델 왕국 가장 남단의 작은 도시 케프스 정문에 한 장의 종이가 붙었다. 처음 사람들은 그게 뭘까? 고개를 갸웃했지만, 한 번이라도 그 글을 읽은 사람들은 겁에 질려 소리를 질렀다.

"파괴자가 온다!"

"재앙신이 이곳 케프스에 강림한다!"

파괴자가 이곳으로 오고 있다.

짧은 문구가 적혀 있는 한 장의 거친 종이일 뿐이지만, 사람들에게 그것은 사형선고나 마찬가지였다.

치안대가 모여 머리를 맞대어보았지만, 맞서 싸우겠다는 의견은 나오지 않았다.

"어떻게 해야 하겠소?"

"뭘 어쩐다는 거요? 도망쳐야지."

"그러니까, 어떻게 도망쳐야 가능한 피해가 없이……."

라는 식의 토론이나 하는 게 다였다. 그나마 그 토론은 그리 쓸모도 없었다. 사람들은 그 방문을 보자마자 짐을 꾸리고 등에 짊어진 채 옆 도시로 뿔뿔이 흩어져 갔다.

성에 남기로 한 것은 단 세 명의 기사뿐. 그들은 수치를 알고, 책임을 아는 진짜 싸우는 자들이었다.

파괴자가 약속했던 날이 왔다. 여섯 필의 말을 끌고 온 기사들은 온몸을 철판으로 감쌌다. 길게 솟아오른 창은 길이가 3미터에 육박했다. 창끝이 은빛으로 번쩍거린다.

성문을 활짝 열고, 그들은 해자에 걸친 다리 위에 어깨를 나란히 하고 섰다. 이 다리를 건너고 싶다면 우리를 짓밟아라! 우리의 목숨을 취해라!

저 멀리, 파괴자가 보이기 시작했다. 짙은 망토를 머리까지 뒤집어쓴 검은 머리칼의 마녀가 빠르지 않은 걸음으로 다가

온다.

기사들은 그녀의 모습에 침을 꿀꺽 삼켰다. 긴 칼을 등에 차고 있는, 가녀린 여자일 뿐이었지만 그녀의 뒤로 피어오르는 아지랑이 같은 기운에 이미 압도되고 남는 바가 있었다.

기사 셋 중 한 명이 반보 앞으로 나섰다. 그리고 외쳤다.

"멈춰라! 운터바움을 파괴하는 자여! 바움 신의 재앙이여! 어째서 그대는 이곳을 공격하는 것인가?!"

하지만 상대는 묵묵부답이었다.

"우리의 힘은 비록 미약하지만 그대를 멈추게 하기 위해서라면 목숨을 버릴 수 있다!"

다시 외쳐 봤지만, 파괴자는 평범한 보폭을 이어왔다.

"멈추라니까!"

그 순간, 기사들은 믿을 수 없는 광경을 보았다.

파괴자의 등 뒤에 거뭇한 그림자가 불쑥 솟아났다. 그것은 거대한 날개를 가진 짐승이었다. 눈은 성을 내려다보고, 뿔은 하늘을 찌를 듯 솟았다.

드래곤—이야기책에나 나왔던 그 괴물이 세 기사의 눈앞에 모습을 드러냈다. 파괴자의 등 뒤로 내려진 망토에서 불쑥 솟아나기라도 한 듯 펼쳐지더니 거친 숨소리를 으르렁거렸다.

그때, 세 기사는 파괴자가 내리는 명령을 들었다.

"성을 파괴해."

세 기사가 눈에 보이지 않는다는 듯, 그녀는 시선조차 주지 않았다. 기사들은 비명 같은 기합을 지르며 창을 앞으로 뻗었다. 파괴자를 향해 말을 달렸다.

사력을 다한 돌격이었지만 아무런 성과도 없었다. 세 기사와 여섯 필의 말은 파괴자를 10여 미터 남겨둔 곳에서 형편없이 바닥에 나뒹굴었다. 보이지 않는 벽 같은 것에 떠밀려 말은 달리기를 멈추고, 사람은 저 멀리로 튕겨 나갔다.

바닥에 쓰러졌던 기사 중 한 명이 간신히 땅을 짚고 일어선다. 허리의 쇠도리깨를 뽑았다. 그 순간, 파괴자가 눈을 내리뜨며 그에게 말했다.

"아직 갈 길이 멀다. 파괴하지 못한 마을이 아직도 수백 개나 남아 있다."

기사가 말을 더듬으며 물었다.

"이, 운터바움의 도시를 전부 파괴할 생각이냐?!"

"모든 도시를."

파괴자의 대답은 짤막했다. 기사가 눈을 돌려 뒤를 보았다. 조금 전까지, 근사한 백색으로 빛나던 성이 잿빛 흙더미로 변해 있었다. 그 위에 있던 것은 나무, 풀, 그 어느 것 할 것 없이 무채색으로 화했다.

기사는 그 자리에 풀썩 주저앉았다.

이건 인간의 힘으로는 막을 수 없다.

"오, 바움 신이시여!"

그가 두 손을 모아 기도했다. 대답 않는 신에게.

세렛이 교황에게 청한 것은 바벨을 직접 보는 여행에 대한 허락이었다. 교황은 지쳐 있었다. 세렛과 가벼운 말다툼조차 할 수 없을 만큼.

바움 신은 요 몇 년간 쉴 새 없이 교황 이치즈 유구엘의 신앙심을 시험하고 있었다. 가장 믿음직스러운 동료였던 쉐도우밴이 적으로 돌변했고 파괴자의 힘은 속수무책일 만큼 강했다.

마지막 남은 힘을 긁어모아 바벨탑을 파괴하기 위한 전쟁을 준비 중이었던 이치즈는 세렛의 계획에 조용히 찬성을 표했다.

성기사단 제7대대가 세렛의 호위 역으로 임명되었다. 예전 그녀가 신탁전을 나섰을 때 한 번 호흡을 맞추었던 것이 선정 이유였다.

하지만 호위 규모는 이전과는 비교도 되지 않을 만큼 축소되었다. 곧 있을 전쟁에 대비해서였다.

세렛은 5년 만에 사원을 나오는 셈이었다. 하지만 이 세계는 흡사 100년은 지난 것처럼 변했다. 케임델 성에서 불과 5킬로미터 밖에 있는 작은 마을이 1년 전쯤에 증발해 버렸다. 대지는 악마의 손톱으로 여기저기 할퀴어져 있다. 경작지의 면적도 크게 줄어들었다.

기근, 두려움, 그리고 슬픔.

세렛은 운터바움에 만연한 저주의 냄새에 코를 막고 싶을 지경이었다.

마차의 창으로 7대대 사령관 모달리니 뱅을 불렀다. 그는 지난 몇 년간의 전쟁으로 한쪽 팔을 잃었다. 머리를 잃은 부단장 페르실에 비해서는 운이 좋다고 할 만했다.

"부르셨습니까?"

"네, 모달리니님."

"무슨 일로……."

"듣고 싶어요, 당신의 생각이."

"무슨 말씀이신지 이해할 수 없습니다."

모달리니의 대답에 세렛은 주변의 풍경을 휘둘러 봤다.

"이 세계에 대해서요."

"…지옥입니다."

모달리니가 짤막하게 답했다. 세렛은 휴, 한숨을 쉬었다. 불과 몇 년 전만 해도 이렇지 않았는데. 모든 것이 뒤틀렸다. 5년 전 이 세계에 책이 등장하면서부터였다.

그때, 한 무리의 사람들이 세렛의 마차에 몰려들었다. 고개를 조아리고 두 손을 모아 기도한다. 마차에 새겨진 바움 신의 상징을 보고 달려온 모양이었다.

"부디 자비를!"

세렛이 그들에게 물었다.

"무슨 일인가요?"

"이 세계를 돌보아주십시오. 신께 기도 드려주십시오."

늙수그레한 노인의 기도에 대답이라도 하듯, 어린 소년이 동그란 눈을 뜨고 물었다.

"바움 신은 무얼 하고 있나요? 왜 파괴자가 날뛰고, 바벨탑이 솟아오르는데도 바움 신은 아무런 대답도 해주시지 않고 계신가요?"

소년의 물음에 세렛은 아무런 대답도 해줄 수 없었다. 모달리니가 모여든 사람들을 쫓아냈다.

"비키거라. 이분이 누구라고 감히 나서는 것이냐?"

하지만 유랑집단은 모달리니의 위세 등등한 목소리에 겁먹지 않았다. 대답을 갈구하는 그들의 눈빛에 세렛은 결국 고개를 떨구었다.

"신께서는 결코 우리를 저버리지 않을 것이에요."

그녀는 이렇게 답하며 마차의 커튼을 닫았다.

2

가고일이 하늘을 날고, 사악한 뱀이 똬리 튼 계곡 저편. 거인이 창을 들고 지키고 있는 험지. 유사가 사람의 생명을 파리 목숨처럼 앗아가는 그런 땅을 상상할 법도 하지만, 바벨탑은 그저 붉은 사막에서 성장하고 있었다.

물을 주어 기르는 것은 아니었지만 그렇다고 성을 세우듯 돌을 나르고 회반죽을 바르는 것도 아니었다. 한 남자가 이곳저곳을 거닐며 손짓을 하고, 그럴 때마다 한 뼘씩, 한 자씩, 한 길씩 탑이 성장했다.

그 남자는 다른 누구도 아닌 윈델이었다. 곁에서 또 한 명이 그의 몸짓을 흉내내고 있었다.

"요나, 그게 아니야."

"응? 뭐가 아니라는 거야!"

"패턴을 잘 봐. 1미크론씩 금과 세라믹이 섞여야 해."

"아, 어려워! 나는 그냥 겉벽이나 소환한다니까. 차라리 세실리파 칼날 소환이 더 쉬워."

입이 댓발 나왔지만, 요나는 윈델의 말에 따라 다시 손바닥만 한 판을 소환하기 시작했다.

"미안, 이쪽이 급해서 그래. 오늘로 이 방을 완성하지 않으면 외벽 형성 작업이 하루만큼 늦어지니까."

"그러니까 왜 1년이라고 말한 거야? 넉넉하게 2년쯤 잡지."

요나의 말에 윈델은 하늘을 올려다보았다.

"1년도 긴 게 아닐까 싶어."

바움이 눈에 띄게 쇠약해져 가고 있다. 윈델은 시간 내로 바벨탑을 완성할 수 있을지 다시 한 번 설계도를 머릿속에 그려보았다.

"수십만 년이나 서 있던 나무가 이렇게 빨리 넘어지겠어?"

요나는 말을 하며 결국 소환을 마쳤다.

"그런데 이건 어디에 쓰는 거야?"

윈델은 더 큰 판을 소환해 요나가 소환한 판과 한데 뒤섞더니 바벨탑의 벽채 중 하나에 그것을 박아 넣었다.

"소환한 것 하나하나는 그저 에너지를 모으고 내뱉는 역할밖에 하지 않아. 이 모두가 더해졌을 때 기적을 일으키지."

윈델이 바벨탑 전체를 손으로 가리킨다. 까마득한 탑은 검은색으로 번들거리고 있었다. 내부에 한 사람이 간신히 돌아다닐 정도의 복도밖에 없는 이 정체불명의 탑을 보며 요나는 고개를 저었다.

"이게 그런 대단한 일을 할 수 있을 거라고는 생각되지 않아. 세계를 변화시킨다니. 그냥 탑일 뿐이잖아."

"가능해. 완성시킬 수만 있다면."

윈델은 이렇게 말하며 다시 부품들을 소환하기 시작했다.

그때, 한 명의 기사가 윈델에게 다가왔다.

"윈델 씨."

"베른."

"요나 양도 여기 있었군요. 흠흠, 파괴자로부터 연락이 있었습니다. 이쪽으로 오고 있다 합니다."

"아! 세베리아가?!"

윈델의 얼굴에 꽃이 활짝 핀다. 요나는 그 모습이 마음에 들지 않아 그의 발가락을 살짝 즈려밟았다.

"아야!"

윈델이 요나를 보자, 요나는 딴청을 피웠다.

"왜 저렇게 못되게 구는 건지."

한마디 투덜거리고 윈델이 베른에게 말했다.

"전쟁 준비는 잘되어가고 있어? 케임델 성 근교에 벌써 2만이나 되는 기사들이 모였다고 하던데. 슈탈리저도 300대나 되고."

"그까짓 거… 당신이 손 한 번 휘저으면 전부 고철덩이로 변할 텐데요."

베른은 이렇게 말하며 윈델의 손끝을 보았다. 이야기를 하는 이 순간에도 그는 뭔가를 소환 중이었다. 지난 10개월여 동안 그는 단 한 번도 탑 만들기를 멈추지 않았다.

"미안하지만 그런 싸움에 끼어들 만큼 한가하지 않아서."

"하하, 부탁하지도 않습니다. 이 싸움은 우리 쉐도우밴만으로 할 겁니다. 겨우 다섯 기뿐이지만 세실리파의 칼날로 온몸을 뒤덮은 진짜 슈탈리저의 힘이라면 가능할 겁니다."

윈델은 고개를 끄덕였다.

"그래도 다행이야. 라티스, 그 사람이 내 말에 수긍해 주어서. 앙트와네트를 부수고 나서 조금 걱정했는데."

"그때는 우리 리더도 제법 화가 났을걸요? 앙트와네트에 대한 마음씀씀이는 사람에게 향한 것이나 진배없었으니. 당신이 세실리파 칼날을 소재로 부활시켜 주지 않았다면 협상은 결렬됐을지도 모릅니다."

"하하, 설마!"

윈델은 말을 마치자마자 눈앞에서 뭔가를 쏙 뽑아내는 듯한 손짓을 했다. 그 순간 그림자가 모두의 몸을 덮쳤다. 베른이 깜짝 놀라 하늘을 보니, 가로 50미터에 두께도 2미터는 족히 될 듯한 금속판이 허공에서 솟아나 바벨탑을 뒤덮었다.

"와! 언제 봐도 장관입니다."

금속판은 허공에서 스스로 휘어지고 형태를 이루더니 바벨탑의 겉면 일부를 둥글게 감쌌다. 또다시 바벨탑이 높아지고, 또 커진 것이다.

"에르시안, 아니, 어시안들은 모두 이런 것을 할 수 있었던 것입니까?!"

그 물음에 윈델이 고개를 젓는다.

"전부는 아니야. 관리자만이지. 대부분의 사람들에게는 쓸 모없는 능력이잖아."

"…그래도 이건 진짜……."

흥, 코웃음치며 요나가 손을 놀린다. 그녀가 만들어낸 것 역시 하늘을 뒤덮을 만한 크기의 금속판이었다. 윈델이 그녀의 몸에 만든 양자의 길과 그녀의 머리에 전해준 어시안의 지식들. 그 정화가 요나의 재능과 결합해 만들어낸 결과였다.

베른이 그녀의 행동에 과장되게 손뼉을 쳐댄다.

"와! 정말 굉장합니다!"

쭉 기분이 좋지 않던 요나의 표정이 조금 펴졌다. 윈델이 베른에게 감사의 눈짓을 했다.

다음 날, 쉐도우밴은 의외의 손님을 맞았다. 쉐도우밴을 지휘하고 있는 전 영웅, 라티스가 놀라며 바벨탑의 방책 근처까지 손님을 맞으러 나갈 정도로.

상대는 마차 한 대와 100여 명의 호위만을 대동했지만 그 무게를 생각해 볼 때 100명 규모의 호송단은 무례에 가까웠다.

손님의 이름은 세렛 벨크레. 4대 교단 중 서쪽 가지 교단의 대무녀였다.

쉐도우밴의 몇몇 기사들이 라티스의 뒤쪽으로 시립한다.

호위대의 대장이었던 모달리니는 라티스를 비롯한 간부들에게 목례를 하며 자신의 레이디가 마차에서 내리는 것을 도왔다.

긴 면포로 얼굴을 가린 세렛이 마차에서 내렸다. 그녀의 등장에 라티스는 허리를 굽혀 예를 표했다.

"유구엘의 대무녀께 라티스 크레들이 인사드립니다."

세렛이 그에게 맞인사를 했다.

"과분한 환영이세요. 오랜만입니다, 라티스님."

"네, 책의 전당에서 뵈었지요."

인사말이 오가고, 라티스가 본론을 꺼냈다.

"그런데 대무녀께서 이런 외진 곳에 무슨 일이십니까?"

"그러는 프라우밀의 전 영웅께는 도대체 무슨 일이 있던 것입니까? 바이할 요새에서 교단을 배신하시더니 갑자기 이런 탑을 세우고. 뭘 꾸미고 있는 것인가요?"

직설적인 물음이었다. 세렛을 향해 라티스는 어색한 표정을 지었다. 라티스가 묻는다.

"당신이 기억하는 파괴자의 이름은 무엇입니까?"

"그게 무슨……."

이번에는 세렛이 이해 못하겠다는 얼굴을 한다. 라티스는 아무런 말도 꺼내지 않았다. 진지하게 묻는다는 뜻이었다.

"파괴자의 이름은 세베리아 뷔렛. 그리고 그녀의 부하 블랙 드래곤 엠베르크. 저주받을 이름입니다."

라티스가 엷게 미소 짓는다.

"역시……."

"무슨 뜻으로 하시는 말입니까?"

"아니, 당신도 역시 인간일 뿐이라는 뜻입니다."

세렛은 더 이상 이 선문답을 견딜 수 없었다.

"절 놀리시려는 것이라면 멈춰주세요. 저는 바벨탑을 직접 눈에 담기 위해 이곳에 왔습니다. 그것이 무엇인지, 왜 만들고 있는지 이야기해 주세요."

라티스가 그녀에게 말했다.

"따라오십시오. 소개해 드릴 사람이 있습니다. 그와 만나고 나면 당신도 무슨 일이 벌어지고 있는지 이해할 수 있을 겁니다."

세렛은 라티스의 말에 고개를 끄덕였다. 호송대장 모달리니가 말릴 사이도 없이 바벨탑이 자라고 있는 험지 안으로 장소를 옮겼다.

그곳에서 그녀가 만난 것은 다름 아닌 윈델이었다. 여전히 정체를 알 수 없는 거대한 검은 구조물들을 소환해 바벨탑의 덩치를 키워가고 있었다.

한편 세렛은 생각보다 큰 바벨탑의 위용에 어깨가 살짝 굳었다. 이 세계에 바움 신 이외에 이런 거대한 것을 만들 수 있는 존재가 있다는 것 자체가 두려웠다.

"이건 도대체 뭐죠? 왜 당신은 이런 것을 만들고 있죠?"

세렛은 윈델의 얼굴을 알아보지 못했다.

"당신은 누구죠?"

연이은 세 물음에 윈델은 눈을 흘끗 돌려 그녀를 바라보았다.

"누군가 했더니 유구엘의 대무녀님이군. 오랜만이야."

세렛이 눈살을 찌푸렸다.

"당신이 어떻게 나를……."

윈델은 이런 소모성 논쟁에 시간을 허비할 생각이 없었다. 하나라도 더 많은 매질들을 소환해 내야 했다. 그것도 형태를 다듬은 정밀한 부품들을.

세렛의 머리 쪽에 손가락을 튕긴다. 세렛의 기억을 억누르고 있는 홀씨들을 불태우기엔 그것만으로도 충분했다. 세렛이 머리를 감싸며 주저앉았다.

그 모습에 가장 놀란 것은 다름 아닌 모달리니였다. 대뜸 검을 뽑아 들며 윈델을 겨누었다.

"대무녀님께 무슨 짓을 한 거냐!"

윈델은 모달리니의 검에는 눈길 한 번 주지 않았다. 모달리니가 주위를 살핀다. 라티스, 윈델, 요나, 그리고 쉐도우밴의 간부들. 전부 적이었다.

　고립무원의 상황에 모달리니는 자신의 아군들을 보았다. 100명의 호위단 전부를 끌고 왔어야 했다. 고작 열 명으로는 라티스 한 명도 당해낼 수 있을지 장담하기 힘들다.

　"괜찮으십니까?"

　모달리니가 세렛을 부축하려 했다. 그때, 윈델이 입을 연다.

　"괜찮아. 너도 머릿속을 깨끗하게 만들어줄까?"

　너무나 태연한 목소리에 모달리니의 검끝이 떨렸다. 도대체 뭐로 만들어진 사람이기에 목 끝에 칼이 닿아 있는데도 겁 하나 먹지 않는다.

　그때 세렛이 손을 들어 모달리니의 팔을 잡았다.

　"전, 전 괜찮아요. 칼을 치워주세요."

　모달리니는 세렛의 명령 아닌 명령에 잠시 머뭇거리다 검을 치웠다. 점점 세렛의 기색이 편안해진다. 면포 때문에 얼굴은 볼 수 없었지만, 부상을 입었다거나 한 것으로는 보이지 않았다.

　세렛은 여전히 이마 언저리에 손을 얹고 있었다. 하지만 어느 정도 정신을 차린 듯 다시 윈델에게 말을 했다.

　"당신… 이군요. 진짜 파괴자, 아니, 파괴자를 깨운 자!"

　"기억이 나나 보네. 오랜만이야."

윈델은 건성으로 그녀의 말에 답했다. 지금 하고 있는 일에 집중하기 위해서였다.

세렛은 윈델의 손끝을 따라 허공에서 생겨나는 수십 미터 크기의 금속판에 잠시 넋을 잃었다. 그것의 모습이 변하고, 바벨탑의 겉면과 결합하는 광경에는 경탄할 수밖에 없었다.

하나의 부품을 조립한 후, 윈델이 짬을 내어 입을 열었다.

"왜 바움은 쉐도우 엘프의 땅에 인간이 살 수 없게 만들었는지 알아?"

뜬금없다. 세렛이 자신도 모르게 되묻는다.

"왜죠?"

"적이 필요하기 때문이야, 둘 모두. 지성을 가진 것들은 외부의 적이 없다면 자멸하게 되거든. 바움이 계산하기에 강력한 적을 만들어 서로의 지역을 침범할 수 없게 만든다면 자멸을 막을 정도의 긴장감을 언제까지라도 유지할 수 있을 것이라 봤어. 그 생각은 정답에 가까워. 운터바움에서 인간끼리, 그리고 쉐도우 엘프끼리의 전쟁은 거의 일어나지 않았으니까."

"그게 어쨌다는 거죠?"

"아, 아니. 요즘 바움이 왜 인간을 만든 건지 거기에 골몰

하고 있거든. 왜 운터바움을 창조한 걸까? 왜 이런 형태로 지은 걸까 하고."

"당신은 정말 불경하군요!"

세렛이 윈델을 질타한다. 하지만 윈델은 이미 다른 부품의 소환을 시작한 후였다. 제대로 된 대답은 듣기 어려웠다. 그때까지 잠자코 있던 라티스가 말했다.

"이제 윈델을 기억할 수 있게 되었습니까?"

세렛이 라티스를 쳐다본다.

"…바벨탑을 세우고 있는 것은 라티스님, 당신이 아니군요. 당신은 어째서 윈델을 돕고 있는 것입니까? 그리고 어째서 세베리아님이 파괴자가 된 것입니까? 윈델이 부활시킨 엠베르크를 왜 그녀가 데리고 있는 것이지요?"

"당신은 대무녀치고는 정말 호기심이 많습니다."

라티스는 이렇게 말하고는 천천히 이야기를 꺼내기 시작했다.

긴 설명 끝에 세렛이 입을 열었다.

"이 세계가 멸망할 것이고, 멸망을 피하기 위해서는 바벨탑이 필요하다. 그 말을 지금 믿으라는 건가요? 그런 이야기를 들었다고 제가 아, 그렇군요, 당신들을 도울게요. 라고 말할 리 없잖아요."

라티스의 설명을 모두 들은 세렛은 지금까지 누구나 보였던 것과 크게 다르지 않았다. 라티스가 그녀에게 말한다.

"그렇기 때문에 지금 뷔렛 양이 고생하고 있는 것입니다. 설득하기에 상대가 너무나 거대합니다. 바움 신과 그가 세운 수천 년의 왕국이니까요. 우리는 설득하는 대신 겁을 주는 중입니다. 운터바움은 지옥이라고. 이런 곳을 떠나 살기 좋은 곳을 찾아가자고."

세렛이 눈살을 찌푸렸다.

"유토피아의 사고방식이군요. 아! 유토피아!"

"그들도 이 사실을 알고 있습니다. 우리보다 먼저. 그렇기 때문에 그런 사상을 주장하고 다닌 것입니다."

세렛은 이 세계의 뒤편에 인간들이 인식하지 못하고 있던 어떤 진실이 있다는 것 정도는 이해할 수 있을 듯했다. 하지만 세계에 대한 인식을 뒤집는다는 것이 말 몇 마디로 이루어질 리 없었다.

"당신들은 도대체 무엇을 꾸미고 있는 것입니까?"

세렛의 물음에 대한 대답은 이미 해주었다. 라티스가 입을 다문 사이, 윈델이 그녀의 물음에 답했다.

"쓰러져 가고 있는 묘목을 살리려는 것뿐이야. 그 아래 살아가고 있는 자들과 같이."

"광망(狂妄)합니다! 스스로가 신이라도 된 양 구는군요!"

"너희가 섬기고 있는 신보다는 내가 신에 가까울걸?"

윈델은 세렛에게 살짝 고개를 돌렸다. 그녀가 이곳에 오고 난 후, 처음으로 눈이 마주친다. 윈델이 다시 입을 열었다.

"내가 신이 아니라는 건 너보다 잘 알고 있어. 차라리 그런 초월자였다면 편할 텐데. 그게 못 되니까 이 고생을 하고 있잖아. 1년 동안 쉬지도 않고 매질을 조합해 내는 것이 쉬운 일일 것 같아?"

윈델은 말을 마치자마자 다시 바벨탑 쪽으로 몸을 돌렸다. 짧은 시간 눈을 돌린 것도 아깝다는 듯 그는 미칠 듯이 소환을 이어갔다.

세렛은 그의 뒷모습에 잠시 시선을 빼앗겼다. 그가 하고 있는 일이 무엇인지 모르겠다. 분명 그는 바움 신을 거부하고, 또 깔보고 있다. 선악의 이분법으로 구분하자면 그는 악마다. 그런데…….

소환에 열중하고 있는 그 모습은 어딘가…….

성스러웠다.

잠깐 든 생각을 세렛은 찌푸린 눈살로 털어버렸다.

3

케임델 왕국 기사단: 3개 대대 2,400명.

케임델 왕국 여단:2개 대대 1천 명.

케임델 왕국 기계사단 2개 대대

:슈탈리저 대대—7천렘 급 1기, 5천렘 급 8기, 3천렘 급 5기.

보급 대대—500명.

프라우밀 왕국 기사단, 3개 대대 2,200명.

　　　……．

　속속 보고서가 모여들었다. 라티스는 통나무를 괴어 만든 목책 안쪽의 천막에서 서류들을 보고 있었다. 왕국과 교단은 바벨탑의 공략에 그야말로 사력을 다했다.

　유구엘 교단 성기사단:2개 대대 1,400명.

유구엘 기계사단 2개 여단—왈큐레.

슈탈리저 부대—6천렘 급 3기, 3천렘 급 12기.

　　　……．

　"교단도 제법 슈탈리저가 많네. 바이할 요새 공략 때는 엄살을 피우면서 몇 기 보내오지 않았으면서."

　라티스가 중얼거리고, 엠마가 곁에서 서류 정리를 하다 그 말에 대꾸했다.

　"토끼는 굴을 하나만 파두지 않는 법입니다."

"지금도 그럴까? 전력은 이것보다 더하다?"

"리아와 디아의 조사로는 그렇지 않은 듯 보입니다만, 모릅니다."

라티스는 어깨를 으쓱거렸다.

"그 쌍둥이 아이가 보고 듣지 못한다면 없다고 보는 게 타당하겠지."

몇 장 더 서류를 넘겨보던 라티스가 묻는다.

"어떻게 하는 게 좋을까? 우리 쪽 전력이라면 기사단 500 명에, 슈탈리저 다섯 기가 전부인데. 아무리 3만렘 급이라지만 수치만 봐서는 슈탈리저 한 대로 적의 기계대대 하나 정도를 막을 수 있을 정도인데."

"라티스님의 힘은 숫자가 아니지 않습니까?"

엠마가 무미건조한 말투로 되물었다. 그녀가 기계라는 것을 알게 되었지만 여전히 그 무미건조함이 성격으로 느껴졌다. 정밀하기 때문일까? 아니면 라티스, 자신의 그릇이 그만큼 커진 것일까?

라티스가 빙긋 웃는다.

"좋은 부하는 칭찬보다는 따끔한 조언을 해주는 사람이라던데."

"죄송합니다. 좋은 부하가 못 되는 모양입니다."

여전히 웃는 얼굴을 짓던 라티스가 미소를 사르륵 치웠다.

"어디서 막을까? 엘튼의 삼거리? 아니면 더 앞쪽의 림스 협곡? 적의 전력을 셋으로 나눌 수 있다는 점에서는 전자가 낫고, 후자는 우리 쪽의 힘을 하나로 모을 수 있어 편하긴 한데, 대신 이곳에서 좀 멀리 떨어져 있고."

거의 중얼거리듯 라티스가 말했다. 엠마는 대답을 하는 대신 라티스 앞에 한 장의 지도를 펼쳤다. 그곳에는 이 주변의 정밀한 지형이 그려져 있었다.

"고마워."

라티스가 눈 아래 지도를 살폈다. 벌써 며칠 전부터 몇 가지의 시나리오를 머릿속에 그려보았다. 참모들과의 회의만도 수십 시간에 이를 듯했다.

하지만 아직까지도 뾰족한 답이 나오지 않고 있었다. 애초에 '인간'과의 싸움은 너무나 경험이 일천했다. 쉐도우 엘프들의 전술과 그 약점에 대해서는 속속들이 숙지했지만, 인간과의 싸움은 지난 몇 해간 바이할 요새 방어전 정도가 전부였다.

"정말… 그는 움직이지 않을까?"

라티스가 문득 입을 연다. '그'는 다름 아닌 윈델을 지칭했다.

"움직이지 않는다고 단언했으니, 그는 제외하고 방어 작전을 세우는 게 옳다고 생각합니다."

엠마가 잠시 간격을 두어 다시 말했다.

"하지만 뷔렛 경의 합류가 머지않습니다. 그분을 더한다면 전력은 아군이 훨씬 우위에 놓여 있습니다."

엠마의 희망적인 발언에 라티스는 별다른 반응이 없었다. 그 점을 이상하게 생각해 엠마가 막 물어보려는 찰나 라티스가 먼저 대답을 해주었다.

"바움 신…… 바움에 대해 어떻게 생각하지?"

"무슨 말씀이십니까?"

"그녀의 침묵이 무엇을 뜻하는 것 같냐고. 바벨탑이 무엇인지, 그녀라면 알 수 있을 거야. 그런데 왜 가만히 있는 거지?"

라티스의 지식으로 바벨탑은 너무 난해했다. 하지만 바움이라면 완전히 이해하고 있을 터다. 운터바움에서 일어나는 일을 바움이 모를 리 없다.

"난 이번 싸움에 드디어 그녀가 움직일 것이라 생각해."

라티스의 말에 엠마는 표정이 살짝 굳었다. 바움이 요 1년이 조금 못 되는 기간 동안 무언가를 준비했다면…….

"완전히 부활한 엠베르크가 있다고 해도, 지금 우리로서는 바움 신을 파괴할 수 없어. 그건 바벨탑 프로젝트의 실패를 뜻하고, 운터바움의 멸망과 동의어니까."

엠마가 천천히 고개를 끄덕였다. 라티스는 천막에 가리워 보이지 않는 하늘을 올려다보았다.

"모든 건 시간이 지나보면 알겠지만 파괴자가 도착한 다음 부터라고 생각해. 진짜 싸움은."

엠마는 라티스를 물끄러미 바라보았다. 어떤 의미로는 윈델 같은 초월자보다 대단하게 느껴졌다. 신과도 체스를 둘 수 있는 남자. 라티스의 예측은 아마 들어맞을 테다.

다시 지도를 보고, 엠마는 머릿속의 전략을 수정하기 시작했다.

바벨탑 원정대의 머리가 보이기 시작했다. 쉐도우밴의 척후대가 날카로운 경적을 울리며 후방으로 신호를 보냈다. 그 직후, 굉장한 폭음과 더불어 산모퉁이가 무너져 내렸다.

좁은 협곡이었기에 무너진 돌 더미에 길이 막히고 말았다. 슈탈리저 두 기로 이루어진 적의 선봉대가 걸음을 멈춘다.

선봉을 지휘하고 있던 것은 남쪽 가지 교단, 바이할의 기갑여단이었다. 전통적으로 녹색을 선호하던 바이할 교단은 슈탈리저 역시 짙은 녹색으로 도색했다. 어깨 양쪽의 선홍색 가지무늬가 핏자국처럼 보인다.

쉐도우밴의 척후가 전갈을 보냈다.

[선봉, 바이할 기갑여단. 슈탈리저대 2개 중대. 두 기 모두

3,200렘 급으로 추정.]

전갈은 '루비아의 속삭임'을 타고 100미터 남쪽의 본진에 전달되었다. 쉐도우밴의 선봉을 맡은 것은 신속의 베른과 그의 애기 이자벨라였다.

"3,200렘 급? 테레지아 식(式)인가 보구나. 그런 구형으로는 내 이자벨라의 갑옷에 스치는 것도 무리일 텐데?!"

무거운 물 속에서 이렇게 중얼거리며 베른이 몸을 일으켰다. 그를 따라 슈탈리저가 올곧게 대지에 선다.

베른에게 누군가 말한다.

[까불지 마! 척후일 뿐이야. 게다가 세실리파의 칼날이 강하다고는 하지만 슈탈리저 같은 거대병기에게 계속 같은 곳을 두들겨 맞으면 결국은 갈라지고 말 거야.]

"디아냐?"

[리아야!]

이자벨라의 보급을 맡은 것은 두 쌍둥이 중 하나인 리아였다.

"오늘은 리아가 조중인 모양이네."

[조중은 너야!]

짧은 말다툼 끝에 드디어 이자벨라가 협곡에 진입했다. 저 멀리, 적의 슈탈리저가 무너진 바위 더미를 넘어서는 모습이 보였다.

"그럼, 시작해 볼까?"

베른이 외치며 허리의 검집에 손을 얹었다. 길이 6미터에 지름이 15센티쯤 될까 한 '세실리파 칼날' 제의 레이피어가 등장한다.

슈탈리저의 부품 상당수를 세실리파의 칼날을 위시한 특수한 합금으로 바꾸었다. 그 덕분에 동력계의 출력도 비약적으로 끌어올릴 수 있었다. 개조 전의 이자벨라에 비해 출력이 네 배 가까이 올라갔다. 속력도, 파괴력도 이전과는 비교조차 할 수 없었다.

이자벨라의 푸른 갑옷이 긴 잔상을 남기며 적진을 휘젓는다. 순식간에 두 기의 연합군 측 슈탈리저가 심장을 파괴당해 침묵한다.

"더하기 2!"

베른이 잘난 듯 소리치는 순간, 리아가 외쳤다.

[조심해!]

이자벨라의 가슴 언저리에 쿵— 하는 충격이 울렸다. 캐터펄트가 통나무 같은 화살을 쏘아보낸 것이다. 그 충격에 균형을 잃고, 이자벨라는 한 발 뒷걸음질을 치고 말았다.

"뭐, 뭐야!"

[여기가 전장이란 걸 잊은 거야? 그러니까 나한테 바보취급을 당하는 거잖아!]

리아의 외침에 베른은 머리를 긁적였다. 마음을 다잡고 전장에 진입한다. 무너뜨린 협곡 너머에는 이미 적군이 우글우글 도착해 있다.

베른의 이자벨라, 유그리디아의 엘리제, 이 두 슈탈리저는 신속과 장중함 두 개성을 담뿍 발휘해 전장을 휘저었다. 쉐도우밴의 최강자들답게 두 사람의 손에 파괴된 슈탈리저가 어느덧 두 자릿수를 넘어서고 있었다.

라티스의 앙트와네트는 발군이었다. 순백의 그녀가 전장에 등장하자마자 사기의 판도가 뒤바뀔 정도였다.

하지만 슈탈리저의 성능 차이가 아무리 난다고 해도, 숫자의 차이를 무시할 수는 없었다. 결코 깨질 리 없는 세실리파의 칼날조차 금속피로로 잔금이 갈 정도였다.

더 큰 문제는 슈탈리저가 아니라 인간에 있었다. 베른, 유그리디아, 그리고 라티스. 하나같이 초인에 가까운 검사들이었지만 그들도 인간이었다.

태양이 주홍색일 때 시작된 전투가 남색으로 변하도록 끝날 줄을 모른다. 살생을 피하며 싸운 덕에 적의 병사 수는 거의 줄지 않았다.

라티스는 초조한 듯 주위를 둘러보았다. 아직도 적의 슈탈리저가 50여 기 넘게 남아 있었다. 후방에서 캐터펄트의 지원

을 받으며 덤벼드는 탓에 구형의 고물이지만 무시하기 힘들
었다.

"이럴 때 이름을 부를 신이 없다는 게 꼭 좋은 건 아니구
나!"

라티스가 한마디 내뱉는다. 엠마가 그 말에 풋, 웃음을 터
뜨렸다.

"뭐가 웃기지?"

[아니에요. 어떻게 하실 건가요? 전선을 뒤로 물릴까요? 적
들을 협곡 출구 근처에서 맞이해 싸우는 것도 괜찮은 방법일
것 같습니다.]

"후방으로라……."

라티스는 이해득실을 따져 보았다. 가능하면 바벨탑에서
멀리 떨어진 곳에서 싸우고 싶었는데, 여의치 않다.

"그렇게 하자. 먼저 후방을 뒤로 물리도록."

[알겠습니다.]

라티스는 상흔을 간직한 애검 데카이드에 릭트를 주입했
다. 단기적으로는 체력소모가 크겠지만…….

릭트가 머무는 한, 앙트와네트를 이길 수 있는 '인간'은 이
세계에 존재하지 않았다.

전선이 후퇴하자 연합군 측은 진격의 나팔을 거칠게 울렸

다. 피해가 만만치 않았지만, 교착해 있던 전선이 처음으로 움직이기 시작했다. 그것도 결코 연합군에 불리하지 않은 쪽으로.

서쪽 가지 교단, 유구엘의 성기사단을 지휘하는 사람은 교황 이치즈였다. 물론 전술적인 면은 성기사들에게 맡기고 있었지만, 대장의 막사에 앉아 최종 명령을 내리는 것은 다름 아닌 그였다.

이치즈 앞에 세렛이 나타난 것은 진격의 뿔 나팔이 용암처럼 끓어오르던 그 순간이었다.

"대무녀! 무사했구려. 바움 신의 가호에 감사드립니다!"

이치즈는 세렛과 그의 뒤에 고개를 조아리고 있는 성기사 모달리니를 번갈아 보았다.

"연합군의 약조 때문에 어쩔 수 없이 우리 유구엘 성기사단도 움직였지만, 그대가 계속 마음에 걸렸소."

세렛은 인사치레가 한없이 성가시게 느껴졌다. 교황의 말에 적절한 대꾸를 하는 것도 잊은 채 서둘러 말을 꺼냈다.

"제 안전보다 드릴 말씀이 있어요."

이치즈는 눈살을 살짝 찌푸렸다. 도대체 그녀가 저 저주받은 땅에서 무엇을 보았기에 이런 이상한 행동을 보이는 걸까?

"바벨탑과 그것을 만들고 있는 사람에 대해 알게 되었어요."

"오! 바움 신의 가호 덕분에 대무녀께서 큰 공을 세웠구려. 도대체 그게 누구요? 저주받을 파괴자? 아니면 인류의 배반자 쉐도우밴?"

세렛은 이치즈의 물음에 잠시 머뭇거리다 입을 열었다.

"그건… 또 하나의 신이었습니다."

"뭐라?!"

이치즈가 눈살을 찌푸렸다. 대무녀의 입에서 바움 이외의 것을 신이라 지칭하는 말이 나오다니!

"지금 뭐라 말하셨소?"

"그는 자신의 손으로 저 거대한 것을 소환해 키우고 있어요. 그가 말하길, 그가 저 탑을 세우는 것은 운터바움의 생명들을 구하기 위해서라더군요. 이 세계는 곧 멸망할 것이고, 살기 위해서는 자신의 말에 따라야 한다고."

"설마 그 말을 진지하게 듣는 것은 아닐 것이라 믿소."

이치즈가 불편한 기색을 드러냈다. 속으로 혀를 찼다. 대무녀라는 자가 어찌 저런 망발을 입 밖에……

세렛이 고개를 젓는다.

"믿고 믿지 않고는 제가 판단할 수 있는 게 아니에요. 저는 그저 잇는 사람일 뿐이에요. 신과 인간 사이를."

세렛은 이치즈의 대답을 듣기도 전에 다시 입을 열었다.

"2개월 후, 살아 있는 모든 것은 엔스헤드의 숲으로. 그리한다면 멸망을 피하리. 그게 바벨탑 주인의 전언이에요."

이치즈가 손을 젓는다.

"그만! 그와 같은 주장을 하는 자들을 나는 알고 있소. 유토피아들 아니오?! 배교자들이 모두 한자리에 모여 있는 모양이오. 나는 저 바벨탑이 서 있는 땅을 저주의 땅으로 이름 짓고, 그곳에 자라고 있는 것은 풀 한 포기조차 남기지 않고 파괴할 것을 선언하겠소!"

세렛은 이치즈의 분노 어린 외침을 한 귀로 흘렸다. 그녀가 그곳에서 본 것에 비하면 바움교조차 하찮을 지경이었다.

세렛이 이치즈에게 목례를 한다.

"나는 잇는 사람이에요. 전 이 말을 모든 사람들에게 전해야 해요."

"그건 허락할 수 없소!"

이치즈가 손짓을 한다. 좌우의 병사들이 달려들어 세렛을 둘러쌌다. 세렛이 그들을 휘둘러 보더니 태연스레 이치즈에게 말했다.

"그럼 실례하겠어요."

"결박하라!"

이치즈의 외침에 병사들이 세렛에게 달려들었다. 비록 교단에서 가장 성스러운 여인이었지만 지금은 전시였다. 최고 지휘자이자 그녀 못지않게 지위가 높은 교황의 명령이었기에 병사들은 주저 않고 행동했다.

하지만 어느 누구도 세렛의 곁으로 접근할 수 없었다. 그녀가 눈을 동그랗게 뜨며 주문을 읊었다. 신과 그의 가지를 언급하고, 수호의 방패를 주위에 소환했다.

"내가 대무녀라는 것을 잊은 건가요? 이 세계에서 신성력이 가장 높은 사람 중 하나라는걸!"

세렛은 곧바로 다음 주문을 외웠다. 신성마법의 그 끝, 워프였다. 모달리니와 함께 세렛은 이치즈의 막사에서 모습을 감추었다.

닭 쫓던 개 꼴이 된 이치즈가 외쳤다.

"다른 부대에 알려라! 세렛 벨크레, 유구엘 대무녀가 바움신을 배신했다! 보이는 즉시 체포하라!"

병사들은 우왕좌왕하다 그 명령에 복명을 표했다.

이치즈의 명령은 세렛 한 명만을 놓고 본다면 정당한 조치였을지 모르지만, 지휘관으로서는 썩 현명하지 못한 행동이었다.

네 명의 대무녀는 바움교를 지탱하던 중요한 기둥 중 하나
였다. 그중 하나를 스스로의 손으로 무너뜨린 것이나 진배없
었고, 바움 신의 이름으로 뭉친 병사들 사이에 적지 않은 동
요가 일었다.

─어떻게 대무녀 세렛이 배신할 수 있지? 적은 도대체 누
구야?!

이 질문이 사람들의 마음에 자리 잡기 시작한 것이다. 그러
지 않아도 불괴의 슈탈리저를 맞아 싸우면서 신의 병사를 상
대하는 기분이 들고 있었는데 말이다.

한편 그런 동요를 가장 먼저 눈치챈 것은 연합군 일선의 지
휘관들이었다.

"진격! 맹격하라!"

선봉에 있던 지휘관은 동요를 잠재울 방법으로 돌격을 명
령했다. 네 기의 슈탈리저가 어깨를 나란히 해 협곡으로 파고
들었다. 네 마리의 말이 끌던 캐터펄트들이 수십 발의 대형화
살을 쉴 새 없이 앞으로 쏘아댔다.

우군 사이에 퍼지고 있는 불안감을 잠재우기 위한 과장된
행동이었지만 운이 좋았다. 퇴각을 결심하고 적극적으로 뒤
로 빠지고 있던 쉐도우밴과의 가위바위보 싸움이 제대로 들
어맞았다.

앙트와네트의 릭트를 두려워하지 않고 팔이 잘려 나가든

머리가 떨어지든 진격하던 연합군의 슈탈리저들이 오히려 쉐
도우밴의 후방을 따라잡았다.

그 덕에 소환사와 참모진 등으로 이뤄진 쉐도우밴의 후방
이 혼란에 빠졌다. 아무리 구형에 둔중한 철갑을 두른 기계거
인이지만, 일반인이 상대할 수 있는 방법은 거의 없었다. 물
밀듯이 밀려오는 또 다른 슈탈리저 부대를 막느라 쉐도우밴
의 슈탈리저들도 쉽사리 발을 뺄 수 없었다.

난전에 혼전.

지금까지 좁은 협곡이라는 이로운 지형에 의지해 슈탈리
저 대 슈탈리저의 싸움으로 이끌어오던 전투의 양상이 단번
에 바뀌었다.

후방의 군대를 보호하기 위해 앙트와네트를 위시한 쉐도
우밴의 슈탈리저들은 쉴 틈이 전혀 없었다. 철벽같던 세실리
파 칼날제의 갑옷 하나가 처음으로 손상되고, 베른의 슈탈리
저 이자벨라가 왼쪽 팔뚝을 잃어버렸다. 폭발음이 쉐도우밴
후방에 퍼졌다.

"제길! 왼팔 소환 부탁해!"

그 말에 리아가 버럭한다.

[무슨 헛소리야?! 갑옷도 아니고 팔을 어떻게 지금 당장 소
환해? 쉐도우밴의 마법사들이 전부 달려들어도 며칠이 걸릴

작업인데!]

베른이 샐쭉해져 입을 다문다. 들릴 둥 말 둥 작은 소리로 입속에 웅얼거렸다.

"너희는 어렸을 때가 더 좋았어."

[뭐라고?!]

"아니야."

베른이 오른팔 한쪽으로 고전하는 동안 가장 힘든 지경에 처한 것은 앙트와네트를 조종하는 라티스였다.

그는 영웅이고 리더였다. 자리가 그럴 뿐 아니라 성격까지 그랬다. 모두를 지켜야 한다는 생각에 남들보다 몇 배나 자신을 채찍질했다. 지금의 영웅을 태어나게 한 원동력이었지만 지금은 명백하게 무리하고 있었다.

앙트와네트의 움직임이 이전만 못했다. 점점 반응속도가 느려졌다.

반면 적의 슈탈리저는 아니었다. 이 전쟁에 참가한 슈탈리저는 예상보다 많은 500기에 육박했다. 모두가 한 번에 전투에 참가한 것은 아니었다. 지금 협곡 안에 난입해 온 슈탈리저들은 지금까지 충분한 휴식을 취한 기수들의 손에 움직이고 있었다.

그 차이는 기체의 성능 차이를 어느 정도 메워줄 정도였다. 앙트와네트의 순백의 몸체에 닿는 적의 무기 숫자가 점점 늘어갔다.

작전상의 후퇴가 진짜 퇴각으로 변하는 것도 시간문제일 듯했다. 라티스는 한편으로는 한 명의 기사로서 전장을 누비며, 그러는 사이에도 쉴 새 없이 부관 엠마와 다음 작전을 논의하고 있었다.

"아! 딱 한 명만 더 있었어도!"

라티스가 한탄했다. 적은 이제 협곡의 출구 가까이까지 접근해 오고 있었다. 최후의 방어진이 뚫리려 한다.

그 간절한 기도가 하늘에 닿기라도 한 걸까?

적의 슈탈리저 한 기에 무언가가 강하게 부딪쳤다. 그게 뭔지는 알 수 없었지만 얻어맞은 슈탈리저는 다리 하나를 잃고 바닥에 쿵 하고 쓰러져 내렸다.

연합군이 웅성거렸다. 모두가 하늘을 올려다본다. 라티스도 그들을 따라 위쪽을 보았다.

"발할라!"

매끈한 유선형 몸체의 배 한 척이, 날개도 없이 하늘을 날고 있는 모습이 모두의 눈에 들어왔다.

발할라의 등장과 거의 동시에 적의 후방에도 커다란 소요가 일어나기 시작했다. 쉐도우밴의 척후가 외쳤다.

[파괴자 도착했습니다! 아군, 승리할 것입니다!]

라티스는 그제야 한숨을 내쉬었다. 어깨를 짓누르던 것이 스르륵 풀려 나갔다.

4

발할라는 하늘을 나는 배치고는 무장이 빈약했다. 구형의 캐터펄트 정도를 갑판 위에 수십 문 설치했을 뿐이다. 윈델은 그 배에 무장하는 것을 반대했다. 별을 파괴할 정도의 병기의 설계도를 머릿속에 넣어놓고 있었지만, 알려주지 않았다.

그 탓에 별과 별 사이를 항해할 수 있는 배의 무장이 짐승의 힘줄을 꼬아 만든 대형 활이 된 것이다.

그렇다고는 해도 그 위력까지 무시할 정도는 아니었다. 창공에서 쏘아보내는 캐터펄트는 슈탈리저의 갑옷을 꿰뚫고 그 관절을 파괴하기에 충분한 위력을 지녔다. 발할라의 등장에 협곡까지 진격해 왔던 십수 기의 슈탈리저들이 지리멸렬 파괴되고 말았다.

연합군 후방의 상황은 더 좋지 않았다.

파괴자가 그의 드래곤과 함께 등장했다. 드래곤이 내뿜는 새하얀 불꽃은 대지를 불사르고 산을 무너뜨렸다. 지난 1년간 그 힘을 담뿍 맛봐온 연합군은 파괴자의 등장에 비명을 지르며 도망치기 바빴다.

지휘부조차 전의를 상실했다. 도대체 무슨 방법으로 저 괴물을 잠재울 수 있다는 말인가. 악마 세베리아를!

한번 무너지기 시작하자 걷잡을 수가 없었다. 사기는 바닥으로 곤두박질 치고, 어떻게 싸울까보다 어떻게 도망칠지를 고민하는 게 대부분이었다.

이제 기댈 것은 신뿐이었다.

사람들은 기도했다.

―바움 신이시여, 부디 우리를 구해주소서!

지금까지 들어준 적 없는 기도였지만, 간절하게 빌고 또 빌었다.

비가 내린다.

잔가지가 우수수 떨어진다. 그 방울방울만큼 골렘, 푸퍼들이 땅에 내려섰다.

그들이 한데 뭉치기 시작할 때까지도 사람들은 무슨 일이 벌어지고 있는지 이해하지 못했다.

세베리아는 그 곁에 엎드린 드래곤 엠베르크와 나지막하게 대화를 나누고 있었다.

"저게 뭐지?"

"저도 처음 보는 것입니다. 아마도 바움이 만들어낸 바벨을 부술 무기겠죠."

엠베르크의 말에 세베리아는 다시 한데 뭉치고 있는 푸퍼들을 보았다.

동그랗게 몸을 굴려 한데 뭉치던 푸퍼들이 각자의 팔과 다리를 얽어 좀더 거대한 몸으로 변해갔다.

세 대의 푸퍼가 하나의 관절이 되기도 하고, 심장으로 변하기도 했다. 허벅지 뼈, 종아리, 발목, 복사뼈, 발가락……. 수만, 수십만의 푸퍼가 한데 모여 거인으로 변해간다.

달아나던 인간이 경배하며 엎드렸다.

"신께서, 바움 신께서 드디어 그 사자를 보냈다!"

"저 거인이야말로 이 세계를 구원해 줄 것이다!"

"바움 신 만세!"

"감사합니다, 신이여!"

모두가 외치는 소리는 어느덧 기도가 되었고, 바움 신에게 대적하는 배교의 무리들은 마른침을 삼키며 거인의 탄생을 가만히 지켜만 보았다.

그 배교 무리의 꼭짓점에 있던 남자, 윈델은 소환하던 손짓을 멈추며 고개를 뒤로 돌렸다.

"기간테스? 아니, 그것보다 커."

곁에 있던 요나가 고개를 갸웃한다. 윈델을 따라 시선을 먼 곳으로 던졌다. 바벨탑으로부터 전장은 줄잡아 3킬로미터는 될 거리였다. 그런데도 인간의 형태를 한 것이 몸을 휘청거리고 있는 게 똑똑히 보였다.

"저게 뭐야?!"

"글쎄. 내 기억에도 없어. 바움이 만들어낸 하인인가 봐. 하지만 저 크기를 유지하려면, 바움의 힘 거의 대부분을 써야 할 텐데. 지금처럼 쇠약해진 그녀가 견뎌낼 수 있을까?"

"말려야 하는 것 아냐?"

요나의 말에 윈델은 잠시 고민하더니 고개를 저었다.

"세베리아를 믿어야지. 바벨의 생산은 멈출 수 없어. 저것 때문에 바움은 더욱 수명이 짧아졌을 테니까."

키가 200미터는 족히 될 거인이 몸을 휘엉청 흔들었다. 팔이 채찍처럼 당겨져 느릿하게 움직이더니 점점 속도를 붙인다. 그 끝이 향한 곳은 슈탈리저 앙트와네트를 위시한 쉐도우 밴 부대가 있는 곳이었다.

"피해!"

저 거대한 채찍을 막아낼 수 있는 슈탈리저는 존재하지 않았다. 라티스의 앙트와네트조차 저것에 맞았다가는 어떻게 될지 장담할 수 없었다.

벽력처럼 내리꽂히는 거인의 팔을 피해 다섯 기의 슈탈리저가 사방으로 흩어졌다. 충격파가 사방으로 퍼진다. 공기마저 찢어놓아 천둥 같은 소리가 쩌렁 터져 나왔다.

거대한 채찍이 닿은 곳은 그게 무엇이든 간에 철저히 파괴되어 망가졌다. 바위는 흙가루가 되고 생명은 먼지로 돌아갔다. 단 일격에 그곳에 있던 인간 모두가 겁에 질려 얼어붙었다.

라티스는 거인의 두 번째 공격이 시작되는 모습을 보는 순간 온몸의 릭트를 데카이드에 불어넣었다. 어디까지 통할지는 모르겠지만.

"바움의 시종 하나 처리 못해 가지고 쉐도우밴의 이름이 아깝다!"

육중한 거인의 주먹을 향해 데카이드의 검기가 날카롭게 뻗어나갔다. 평생 기술을 닦아온, 운터바움 최강 검사의 일격이었다.

노도처럼 퍼져 나가는 웅장한 검격에는 적들조차 혀를 내둘렀다. 힘과 힘이 격돌하고, 찢어질 듯한 굉음이 협곡 입구를 뒤흔들었다.

검을 휘두른 자세 그대로 라티스가 멈췄다. 일격에 쓴 에너지를 보충하기 위해 몇 초간의 쿨다운이 필요한 모양이었다. 앙트와네트의 관절 부위에서 하얀 수증기가 연기처럼 뿜어져 나왔다.

그 순간 거인의 손목이 땅에 쿵, 하고 떨어졌다. 손 하나의 크기가 슈탈리저와 비슷할 정도였기에 떨어진 곳의 땅이 움

푹 파였다.

"와아, 봤냐! 이게 라티스님의 힘이다!"

베른이 요란스럽게 소리를 지른다. 쉐도우밴 측의 병사들이 일제히 함성을 내질렀다. 거인의 등장을 무색케 할 만한 일격이었다.

하지만 쉐도우밴의 환호성은 그리 길게 이어지지 못했다. 거인의 손목이 다시 둥근 형태의 푸퍼로 나뉘더니 본체가 있는 곳으로 굴러갔다. 잘려진 손목은 순식간에 복원되었고, 거인의 짐승 같은 울부짖음이 운터바움 전역에 퍼져 나갔다.

라티스는 순간 무엇을 해야 할지 멍해졌다. 저런 괴물이 재생능력까지 가지고 있다니.

이 싸움은 이제 인간의 영역을 벗어난 걸까?

날카로운 파공음이 라티스의 귓전을 후벼팠다. 발할라, 창공을 누비는 거대한 배가 거인의 정면을 가로막은 것이 바로 그때였다.

유토피아의 총수 엘베룬이 함장의 자리에 깊숙이 앉아 있다. 감색의 망토를 늘어뜨리고, 머리에는 해군 제독의 모자를 눌러썼다. 반 뼘짜리 나무를 입에 물어 잘근거리며, 모자의 그림자에 눈을 감춘 그가 나지막이 명령했다.

"무슨 입자포 같은 그럴듯한 것 발사 준비."

곁에 똑바로 시립해 있던 참모장 이고렙 노인이 그를 보며 혀를 찼다.

"무슨 흉내인가?"

"함장이면 이래야 하는 법이야."

"휴우, 그럴듯한 것 따위는 없네. 윈델은 살상무기 기술은 우리에게 가르쳐 주지 않았으니까. 캐터펄트라도 발사할까?"

"그럴듯한 거 없으면 그냥 마법사들에게 마법이라도 쏘라고 그래. 캐터펄트보다는 훨씬 위력이 나을 테니까. 어차피 발할라로 공격할 생각은 없어."

그 순간 반원형으로 겹쳐 있는 데스크 중 하나에 앉아 있던 여자가 목소리를 높였다.

"적, 발할라를 노립니다!"

"보호막 최대 출력으로!"

이고렙이 함장(?)의 명령은 기다리지도 않은 채 먼저 명령을 하달했다. 엘베룬은 그런 이고렙에게 입술을 삐죽거렸다. 하지만 불평할 여유 따위는 없었다.

"충돌 3초 전, 2, 1!"

선원의 외침이 끝나기 무섭게 가벼운 떨림이 선체를 뒤흔들기 시작했다. 처음에는 물잔의 물이 튈 정도로 시작해 나중에는 서 있던 이고렙이 선장 의자의 팔걸이에 의지해 간신히

서 있을 정도가 되었다.

선실의 천장에 있던 조명까지 깜빡거린다. 엘베룬은 이를 살짝 악물었다.

"버텨라!"

"아직 출력 온전합니다!"

여자가 엘베룬의 말에 답이라도 하듯 외쳤다.

"별의 바다를 누빌 수 있는 배야! 바움의 찌꺼기 따위에 당하지 않는다!"

엘베룬이 다시 소리를 지르고, 한계까지 이르렀던 진동이 천천히 잦아들기 시작했다. 충격의 파도를 넘어선 것이다.

한편 발할라가 공격을 막아준 덕분에 아래에 있던 쉐도우밴 부대들은 태세를 정비할 수 있었다. 라티스는 지금 정면으로 저 거인을 막아내는 것은 무리라고 판단, 모든 부대를 후방으로 후퇴시켰다.

그 틈을 타고 연합군들의 슈탈리저 부대가 진격해 오기 시작했다. 하지만 그 기세는 미약하기가 그지없었다. 후방이 철저히 유린당하고 있는 탓이었다.

세베리아는 지금 이 순간 저 거인을 상대할 수 있는 것이 자신뿐이라는 것을 직감적으로 알 수 있었다. 이길 수 있을까, 라고 자문해 보았다. 그 순간 눈앞에 두 개의 그림자가 보였다.

하나는 '책' 인 세베리아 뷔렛이다. 그리고 또 하나는 바움의 제어 열쇠인 엠베르크였다.

운터바움에서 파괴할 수 없는 것이 없을 무력이었다. 세베리아는 드래곤 형태의 엠베르크에게 짤막히 명령했다.

"슈탈리저 형태로 변해줘. 같이 싸워야겠어."

"알겠습니다."

짤막한 대답과 함께 검은색의 용이 모습을 바꾸어갔다. 네 발 달린 괴수의 모습에서 인간의 형태로, 검은 갑옷을 걸친 한 명의 기사로 변한다. 세베리아가 그의 등허리의 해치에 올라타자 물컹, 무거운 물 사이로 몸이 잠겨간다.

시야, 청각, 촉각 등 감각들이 동조된다. 세베리아는 두 눈을 감은 채 엠베르크의 파동을 찾았다.

세포 하나, 신경 한 줄기까지 모두 이어진 느낌이 들었을 때 세베리아가 다시 눈을 떴다. 보이는 것은 좁은 콕핏이 아닌, 슈탈리저 엠베르크의 눈을 통해 본 전장이었다.

세베리아는 세실리파의 칼날로 된 봉을 소환해 그 끝에 에우로파를 이었다. 거창(巨創) 에우로파의 날끝이 태양에 눈부신 빛을 뿜어냈다.

"가볼까?"

외치며 몸을 앞으로 기울이자, 슈탈리저 엠베르크의 등에 있는 네 구의 버너에 불이 들어왔다. 어떠한 슈탈리저도 쫓을 수 없는 속도로 세베리아의 몸이 앞으로 뻗어나갔다.

가로막는 것은 파괴했고, 막아서는 것은 두 동강 내버렸다. 목표는 저 거인뿐이다. 나머지는 걸림돌조차 되지 못했다.

거인도 세베리아의 존재를 눈치챈 모양이었다. 몸을 틀어 그녀를 정면으로 맞이하며 다시 한 번 괴성을 질러댔다.

연합군들은 신의 사자가 지르는 기합에 용기 백배해 검을 들어 올렸다. 싸움에 도움이 되지는 못할지라도 신께 기도 정도는 올릴 수 있다.

부디 저 악마 같은 파괴자를 잠재우고, 다시 운터바움에 평화가 오길.

그들의 신실한 기도가 정말 신에게 닿을지는 확신할 수 없었지만.

그 싸움 저편, 바벨탑.

윈델은 멈추지 않겠다던 바벨탑의 제작을 잠시 중단했다. 요나가 고개를 갸웃거리며 윈델을 올려다봤다.

"무슨 일이야?"

대답을 하는 대신 윈델은 몸을 뒤로 돌렸다.

"바움."

짤막히 상대의 이름을 부른다. 어린 소녀의 모습을 한 바움이 물끄러미 윈델을 올려다보았다.

5

"너희도 나를 버리려는 거야?"

바움의 물음에 윈델은 아무 대답도 하지 않았다. 저 먼 곳에서 세베리아와 바움이 만든 거인 사이의 전투가 은은한 천둥소리를 퍼뜨리고 있었다.

"엠베르크를 조종하는 세베리아에게, 네 거인은 패배할 거야."

윈델이 엉뚱한 말로 대답을 대신했다.

"너희도 나를 버리려는 거지?"

"어시안처럼?"

윈델이 되묻는다. 바움은 답하지 않고 윈델을 조용히 쏘아보았다.

"또 나를 버리려는 거야. 예전에 이곳에 살았던 인간들처럼. 이곳에 나를 홀로 남겨둔 채."

바움이 윈델 뒤로 서 있는 거대한 탑을 올려다본다.

"나 저게 뭔지 알아. 저거, 엔진이지? 별과 별 사이를 항해할 수 있을 정도의 이 별에 살고 있는 모든 생명을 실어 나를 수 있을 정도의 고출력 엔진이야."

윈델은 그 말에 순순히 고개를 끄덕였다.

"맞아."

"왜야? 왜 또 나를 버리려는 거야? 내가 만든 세계, 운터바움은 너희 인간이 살기 좋도록 되어 있잖아. 그런데 왜……."

"너는 신 같은 게 아니야."

윈델이 바움의 말을 끊었다.

"바움, 너는 세계를 만들 수 있는 힘 따위는 없어. 마약 같은 물질로 인간의 기억을 살짝 조작할 수 있을 뿐이야."

"신 따위 딱히 될 생각도 없어."

소녀, 바움은 왼발 끝으로 땅을 두들기며 볼멘소리를 냈다.

"신은커녕, 지금은 너 자신도 돌볼 수 없잖아. 그렇지 않아? 너도 모르지는 않을 거야. 이대로라면 이 별이 통째로 사라지게 될 거야."

"그렇지 않아! 내가 그렇지 않게 만들 거야!"

"안 돼. 너는 자신의 제어를 이미 잃어버렸어. 엠베르크가 깨어난 것도 그 때문이잖아. 네 몸에 확연한 이상신호가 나타났기 때문에 책이 등장하게 된 거야."

"그렇지 않아!"

바움은 강변했다. 하지만 윈델이 보기에 그녀의 대답은 뻔히 보이는 거짓말에 불과했다. 어린아이의 모습을 한 지금, 그 연령 그대로에 맞을 듯한.

"수십만 년이니 수백만 년이니, 그런 식으로 얼버무리고 있지만 실제로 네가 이 세상을 만든 지는 그리 오래지 않았지? 짧은 시간에 너는 덩치를 키워 운터바움이라는 거대한 새장을 만들어내고, 그 안에 인간들을 만들어낸 거야. 하지만 그 무리한 작업 때문에 지금 이 세계는 돌이킬 수 없는 상태가 되었어."

윈델이 책망하듯 바움에게 말했다. 바움은 윈델의 말에 시선을 아래로 떨구었다.

"아니야. 내가 한 게 아니야."

"아니, 네가 한 거야. 이 세계는 네가 창조한 거야. 지금의 불안정한 모습도 네가 원인이고."

"……"

바움이 입을 다문다. 한참 동안 발끝을 내려다보던 그녀가 눈을 들었다.

"그래서… 나를 버리려는 거야?"

윈델은 바움의 눈을 보았다. 비록 귀여운 소녀의 모습을 하고 있지만 바움은 생물이 아니었다. 식물의 형태를 띤 것도 일종의 투영에 불과했다.

하지만 저 눈을 보고 너는 살아 있는 게 아니다, 라고 단정할 수 있는 사람은 과연 몇이나 될까?

"바움."

윈델이 그녀의 이름을 부른다.

"함께 가자."

"응? 어디로?"

동그랗게 그녀의 눈이 떠졌다.

"이 별, 화성을 떠나 우주로. 나는 너를 데리고 우주로 갈 생각이야."

"……."

"인간들만 데리고 가는 거라면 이렇게 거대한 엔진을 만들 필요도 없었어. 이 100분의 1정도면 충분할 테니까."

바움이 바벨탑을 올려다본다.

"나를…… 우주로 함께?"

"그래. 같이 가자. 어시안들의 고향인 지구로 가도 좋고, 아니면 소혹성을 집어삼켜서 너 자신이 별이 되는 것도 괜찮아. 이번에는 나무 같은 것이 아니라 별이 되어 우리의 살 곳이 되어주는 거야. 그렇게 함께 살 수 있는 새로운 장소를 찾아보자."

"함께 살아?"

바움은 여전히 어리둥절해하는 얼굴이었다.

"그래, 함께. 너 혼자 무리하지 않아도 돼. 네가 인간들을 살리기 위해 노력하지 않아도 되는, 너는 너로서 자연스럽게 살아갈 수 있는 그런 곳을 함께 찾아보자. 우주는 넓잖아. 분명 그런 곳이 하나쯤은 있을 거야."

윈델은 바움에게 빙긋 미소를 지어 보였다.

바움이 멍한 눈으로 윈델을 올려다봤다. 윈델이 다시 입을 열었다.

"모두의 어머니가 되지 않아도 괜찮아, 이제는. 이제, 너는 그냥 한 그루의 나무가 되면 돼."

그 윈델의 웃음에 바움은 어찌할 바를 몰랐다.

"두 달 후, 엔스헤드의 숲에 와. 네 몸 안에 모든 생명을 태울 거야. 그리고 바벨탑의 힘을 빌어 함께 우주로 나가자. 내 계산대로라면 이 별의 인력을 충분히 벗어날 수 있어."

윈델의 말에 바움은 아무런 대답도 할 수 없었다. 이미 흘러내리기 시작한 눈물을 주체할 수 없었기에.

그 순간 요나가 바움을 덥석 안았다.

"신의 눈물 따위 보고 싶지 않아."

윈델은 자신도 모르게 웃음이 나왔다. 그때 저 멀리 전장의 풍경이 보였다. 바움이 만들어낸 거인이 갑자기 멈추어 두 다리와 하나의 팔로 대지를 딛는 모습이.

거인의 팔은 가지로, 몸은 둥치로 변하는 광경이 펼쳐졌다. 그곳에 있을 사람들이 당황할 모습이 눈에 선했다.

윈델은 다시 몸을 돌려 바벨탑을 향해 섰다.

"두 달 후, 엔스헤드의 숲으로."

혼잣말을 중얼거리고 윈델은 이 세계에 퍼져 있는 보이지 않는 기계들에게 명령했다. 바벨탑을 만들라는 명령어를 입력했다.

Epilogue

이 세계는 한 그루의 나무 아래 있었다.

나무는 가지 끝에서 끝까지의 길이가 300킬로미터 남짓이 었다. 잔가지 하나가 땅에 떨어져 내리는 것만으로도 마을 하 나가 파괴될 정도의 재앙이 될 만큼 거대한 나무, 바움 아 래…….

운터바움은 있었다.

하지만 지금 바움은 더 이상 나무의 모습이 아니었다. 가지 와 뿌리를 버리고, 몸통 하나만으로 얼마가 걸릴지 모르는 여

행을 시작했다.

그 안에 있는 것은 수십 억의 생명체들.

거대한 그녀의 몸은 운터바움에 살고 있던 모든 생명을 수용하기에 충분히 넓었다.

마지막 신탁이 내려졌다.

모든 생명이 알아들을 수 있는 목소리로 바움이 말했다.

함께 살아가자.

『운터바움—신들의 파괴자』終

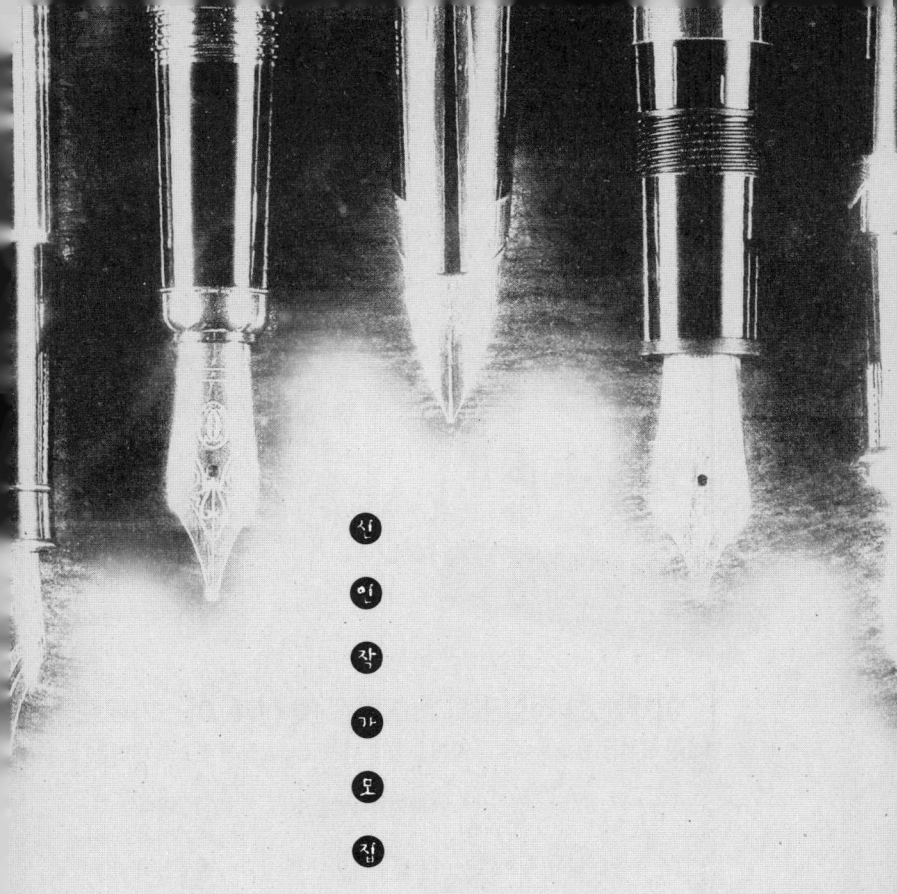

용호객잔

龍虎客棧

설경구 新무협 판타지 소설

낙양 변두리에 위치한 허름한 용호객잔.
폐업 직전까지 몰렸던 용호객잔에 복덩이,
천유강이 저절로 굴러 들어왔다.
그런데… 이 객잔 좀 수상하다?

독문병기는 낡은 주판, 중원상왕을 꿈꾸는 객잔주인, 용사등.
독문병기는 마른 걸레, 끔찍이 못생긴 점소이, 용팔.
독문병기는 식칼, 긴 독수공방 끝에 요리와 혼인한 숙수, 장유걸.
독문병기는 이 빠진 도끼, 사연 많은 남장여인, 문우령.
독문병기는 얼굴, 기억을 잃어버린 절세미남 신입 점소이, 천유강.

"중원의 상왕이 되리라!"

현실감각이라고는 찾아보기 힘든
용사등의 허황된 선언이 천하를 혼란에 빠뜨린다.
바람 잘 날 없는 용호객잔의 평범한(?) 일상에
중원의 이목이 집중된다.

Book Publishing CHUNGEORAM

유행이 아닌 자유추구 -
WWW.chungeoram.com

GOD BREAKER

Unterbaum

운터바움

이상혁 판타지 장편 소설

신들의 파괴자

**나를 제거할 자, 그를 다스리는 한 권의 책.
찾아 펼으리, 그리하지 않으면 나는 불타리.**

세계의 근거, 그 자체인 거대한 나무, 바움.
그 아래에서 살아가는 생명들의 세상, 운터바움.
윈델은 신탁에 따라 바움을 파괴할 책을 찾아 떠나고
맨 처음 그의 손이 책에 닿는 순간 운명이 격변한다.

십 년을 모신 주인이자 친구, 세베리아를 비롯
세상 모든 것이 자신의 존재를 잊어버린 상황에서
윈델은 존재의 증명을 위하여 운명과 싸우기 시작한다!

나무의 파괴자 '엠베르크' 란 무엇인가?
모두가 잊어버린 '나' 는 대체 누구인가?

「데로드 앤드 데블랑」, 「카르마 마스터」의 뒤를 잇는
이상혁 작가의 정통 판타지 대작!
「운터바움-신들의 파괴자」!

Book Publishing CHUNGEORAM

유행이 아닌 자유추구 -
WWW.chungeoram.com

수호무사

각사 新무협 판타지 소설

수호무사

소년은 오직 소녀를 위하여 검을 들었다
가슴에 담긴 지키고자 하는 뜨거운 열망.

"이제는 지킬 것이다."

단 하나 남은 소중한 인연, 무유화를 지키려
악의에 휩싸인 무림을 수호하기 위하여
윤, 세상에 서다!

그의 용혈검이 떨치는 무상류와 구천류가
모든 악을 쓸어내리라!

지키는 자!
수호무사 윤, 그를 기억하라.